今野 敏

終極 潜入捜査

〈新装版〉

実業之日本社

実業之日本社文庫

目次

終極　潜入捜査　5
シリーズ完結記念著者インタビュー　関口苑生　298

佐伯連《さえきのむらじ》——

古代より有力軍事氏族として宮廷警護などにあたった。一族のうち子麻呂は大化改新の口火となった蘇我入鹿暗殺（六四五年）において功をあげた。

1

テレビ局の取材がきていた。

そのカメラの前で、ダンプカーが汚泥を捨てている。

青黒い不気味な色をした汚泥だった。

林に囲まれた一帯だが、広場は、草木も生えていない。

その広場から、異様な刺激臭が周囲に広がっていた。周囲の草は、茶色に変色してほとんどが枯れていた。

テレビカメラは、ダンプカーの行く手を遮《さえぎ》るようにして立ちはだかる一団の人々を捉《とら》えていた。

ダンプカーは、廃棄物の不法投棄をしているのだった。その一団の人々は、不法投棄に反対する市民団体と付近の住民たちだった。

ダンプカーは平気でその中に突っ込んで行く。

住民らは慌《あわ》てて道の端に逃げなければならなかった。

ダンプカーは、反対運動の人々を蹴散らすように走り去った。

テレビ局のインタビューにこたえて、付近の住民が語っていた。彼は、すでに年老いている。

年老いているうえに、疲れ切って見えた。

「なけなしの金をはたいて、老後のために、ここに家を買った……。有名な別荘地だから、住み心地はいいと思ったんだ……。まさか、産業廃棄物の捨て場所になるなんて思わなかった……。今じゃこのあたりは、鳥も住んじゃいない。若い人達は、別の土地に引っ越して行ったが……。私のような年では新たにローンを組むこともできない……。家を売ることもできない。誰も、こんな土地の家なんて買いやしないよ……。家も売れない、金もない……。私はここに住むしかないんだ……」

その老人の家は、たいへん質素なものだった。建て売りの住宅だが、平屋建てで、台所のほかには、部屋がふたつしかなかった。

壁も薄く、強い風が吹くと揺れることもあった。

栃木県のはずれにあるこの土地は、かつては、過ごしやすい高原の別荘地だったが、いつのまにか、産業廃棄物や粗大ゴミの不法投棄場所となっていた。

首都圏に近く、しかも、適度に離れている。首都圏で放出されるゴミが、こうした首都圏を取り囲む地方に捨てられている。

最初は、ごくわずかな量で、誰も気にしない程度の廃棄物が捨てられるだけだったが、積もり積もって今では、あたりの自然環境を破壊するまでになっている。

廃棄物は悪臭を放っている。

廃棄物は、景観をそこね、ただ悪臭を放っているだけではない。

その周囲の土から、最悪の汚染物質といわれているダイオキシンも検出された。

ダイオキシンをはじめとする、さまざまな汚染物質が土にしみ込み、地下水を汚染する。

汚染された地下水は、川に流れ出し、周囲をさらに汚染していく。

インタビューにこたえた老人は、反対運動などの市民活動には、もともとまったく興味を持っていなかった。

むしろ、古い教育を受けた者にありがちな、我慢が美徳と考えているタイプだった。

権利意識を振りかざす市民運動などを醜《みにく》いものと感じてしまうほうだった。

しかし、彼は、反対運動の先頭に立った。生活を守るためだった。

東京から支援のために市民団体がやってきた。環境問題は、今や、市民運動家たちの恰好《かっこう》のテーマだった。

環境問題は、まっとうな運動家だけの関心事ではない。

企業から金を取ることを第一義としているような市民運動ゴロの連中は、ことさらに環境問題に関わろうとする。

環境問題は、金になりやすいのだ。

しかし、この土地からは、市民運動ゴロは早々に退散していた。

まったく勝算がないのだ。誰が捨てていくかわからない。

また、捨てた者を特定しても、それは、孫請けのまた孫請けといったような形になっており、とても金をむしりとれる相手ではないのだ。

しかも、この別荘地の廃棄物の状況は絶望的だった。もはや、誰も処理しきれないほどだった。

県も見て見ないふりをしている。

この土地の廃棄物を処理しようと思うと、莫大な予算が必要となる。あまり住民がいないこの土地にそれだけの金をかける価値はないと、県は考えているのだ。

もともと別荘地なので、よそ者の土地と思われている節がある。

まっとうな市民運動家たちにとっても、廃棄物の問題は、抽象的なものだ。彼らは、その土地で生活しなければならないわけではない。

彼らが論じるのは、常に、地球規模の環境問題であり、この土地の産業廃棄物は、そのなかのひとつのケースでしかない。

彼らは、企業の責任や国の責任、地方自治体の責任を追及するが、ただ追及するだけだ。

アピールをすることが目的なのであり、実力行使を嫌う。だから、結果として何もできないのだ。

老人は、そうした市民運動家に苛立《いら》っていた。

彼は、一部の市民運動家と対立しながらも、住民たちを組織して実力行使に出た。

道路を封鎖し、ダンプカーを追い返そうとした。

バリケードの前に座り込んで、運転席を睨《にら》み続けたのだ。

この捨て身の戦術に、市民運動家の一部は付いていけなくなったのだ。

こうした実力行使は、ある程度の実績を上げた。住民たちは、パトロール体制を組んで、周囲を監視した。

しかし、不法投棄はなくならなかった。

住民は二十四時間監視できるわけではない。また、監視されていることを無視して産業廃棄物を捨てていく連中が後を絶たないのだ。

老人と彼が組織した住民は戦い続けた。

だが、彼らは、すでに疲れ果てていた。

そして、ある夜、老人の家が火事になった。家は、ほとんど全焼だった。

炎は、老人から、家と戦う意欲を奪ってしまった。


佐伯涼《さえきりょう》は、思わず呪いの言葉をつぶやいていた。

彼は、またしても起きた拳銃による企業テロの記事をテレビの朝のニュースで知ったのだった。

被害にあったのは、銀行の支店長だった。住友銀行名古屋支店長が自宅マンションで射殺されたのと、ほぼ同じケースだ。

元マル暴刑事の佐伯涼は、こうした事件が起きるたびに、じっとしていられない気分になるのだった。

彼は、『環境犯罪研究所』に出向しているが、自分が警察官であることを未だに信じていた。

『環境犯罪研究所』に来るときに警察手帳や拳銃、手錠は取り上げられている。

そうした権限がなければ、警察官とはいえないかもしれない。しかし、彼は、マル暴刑事の誇りと責任を持ちつづけていた。

彼はそういう生き方しかできないのだ。

佐伯はこのところ、苛立っていた。

暴力団による企業テロが続発している。これらの企業テロは、あるひとつの危険な可能性を物語っている。

暴力団対策法——いわゆる暴対法により、暴力団は、その活動をかなり制限された。収入も減っている。

解散した暴力団や、組をやめた暴力団員もかなりの数に及ぶ。

政治結社という隠れ蓑《みの》も奪われつつある。社会から暴力団は消えつつあるように見える。

警察もそのように社会に宣伝をしている。だが、それは見せ掛けでしかないと佐伯は思っていた。

潰《つぶ》れた組の構成員のかなりの部分が地下に潜《もぐ》ったといわれている。地下に潜った暴力団は、先鋭化する。

暴力団員が、拳銃で人を殺すということは、滅多にないといわれていた。彼らは、威嚇《いかく》のために拳銃を使った。

対立している組の事務所に銃弾を撃ち込んだりするだけだった。

まれに、町中で発砲することがあっても、それは、組同士の抗争のためであり、多くの場合、覚醒剤によって興奮状態にある組員の犯行だった。

暴力団員が一般人に銃を向けるということは、あまりなかったのだ。

だが、最近は違ってきた。

有名な映画監督を襲撃する。

その監督の映画が上映されている映画館のスクリーンを切り裂くことから始まって、ついに銀行や一般企業の役員を殺害するにいたったのだ。

しかも、その類の事件は、続発している。フィルム会社専務が殺害された事件で、実行犯は、フィルム会社とは何の関わりもなかった。たった数万円で雇われただけだった。

殺害を計画した組員と実行犯は、まったく別の団体に所属していた。

地下に潜った暴力団員たちは、広範なテロ・ネットワークを構成している可能性もあると佐伯は考えていた。

もともと、同系の組同士の関係というのは入り組んでいる。親分同士が五分の盃《さかずき》を交わして兄弟になったり、親分子分の盃を交わして身内になり、その子分が一家を構えたりと、複雑に増殖していく。

そうした関係が、解散してもそのまま残り、テロ・ネットワークとして活用されていることは充分に考えられる。

暴力団関係者の多くが、組員が先鋭化するのは、暴対法のせいだと語る。収入源を奪われ、生きていくためにテロもやらなくてはならないという。また、組があるうちは、若い者を抑えることもできたが、組を解散させられてそれが出来なくなったという者もいる。

暴力団は、社会と共存共栄してきたのだと彼らは言うのだ。

佐伯は、彼らにこういう物言いを許すこと自体が間違いだと思っていた。

彼らは、暴対法のせいでテロが起きているような言い方をしている。

確かに、暴対法は誤りかもしれないと佐伯は思っている。

その甘さが誤りなのだ。

組は解散させるだけではだめだ。徹底的に叩かなければならないのだ。佐伯はそう考えていた。

続発する企業テロは、確実に地下の暴力団ネットワークが形作られつつあることを物語っている。それを思うと、佐伯は、何かをしなければならないと考えずにはいられないのだった。

出勤の時間だったが、『環境犯罪研究所』に向かう気がしない。事務所で時間をつぶしているのがどうにも我慢できないのだ。

彼は、研究所の同僚である白石景子《しらいしけいこ》の家に居候《いそうろう》をしていた。

独身の男女がひとつ屋根の下に住むというのは、さまざまな憶測を呼ぶものだが、白石景子のような育ちの者が一人暮らしという場合は、使用人を含めないのだ。

白石景子は、横浜の山手にある西洋風の屋敷にひとりで住んでおり、その屋敷は、ひとりの執事によってきりもりされていた。

佐伯は、その執事が気に入っていた。

ダイニング・ルームに行くと、執事がコーヒーを入れてくれた。

佐伯は、熱いコーヒーをゆっくりと飲んだ。

白石景子はすでに出勤している。同じ屋敷に住んでいても、彼らはそろって出勤することはなかった。

いつも、白石景子が先に出勤している。そればかりか、ふたりは屋敷のなかでもあまり顔を合わさないのだった。

遅刻しそうだというのに、佐伯はまったく慌てた様子を見せなかった。

執事は、余計なことは一切言わなかった。「いつもより、ゆっくりめでございますね……？」

執事は、佐伯にそう語りかけるに止めた。決して急がせたりはしない。

「ああ……。遅刻したってどうということはない」

「そうですか……。私のような人間は、どうも、時間どおりに事が運ばないと気分がよろしくございません。誰が見ているわけでもないのに、決まった時間に決まったことをしないと……。いたって気が小さくできておりまして……」

佐伯は、苦笑を洩らした。

「それで俺を叱《しか》っているつもりなんだろう？」

「めっそうもございません」

「わかった。俺も遅刻などというのは好きではない。出掛けるよ」

佐伯は、コーヒーを飲み干して立ち上がった。

「いってらっしゃいませ」という執事の声を背中で聞き、片手を上げると、彼は白石景子の屋敷を出た。

『環境犯罪研究所』は、まったくいつもと変わらなかった。白石景子が、佐伯の向かいの席におり、佐伯が出勤すると、「おはようございます」と丁寧に挨拶をした。

彼女の丁寧な仕草は、特に意識したものではなさそうだった。育ちが違うのだなと佐伯はいつも思っていた。

部屋のなかにある机は、白石景子と佐伯のものだけだ。そのふたつの机は向かい合わせに置かれているが、白石景子の机にはパソコンが置かれており、彼らは顔を突き合わせているわけではない。

事務所の隅には、コピー、ファクシミリなどが並んで置かれている。

出勤すると、佐伯は、すぐに所長室へ行くように言われた。

これは、何か新しい仕事を命じられるときのひとつのパターンだった。

ノックをし、ドアを開けると、内村尚之《うちむらなおゆき》所長は、デスクの脇にあるコンピュータのディスプレイを覗《のぞ》き込んでいた。

いつものスタイルだった。

佐伯は、所長室のドアを開けたとき、所長が正面を向いていたことがないような気がした。

「お呼びですか?」

佐伯が声を掛けると、内村所長はびっくりしたように佐伯のほうを見た。それも、いつもの反応だった。

「すわってください」

内村は、机の前に置かれた椅子を指し示した。

佐伯が腰掛けると、内村は机の上にあったホルダーを佐伯のほうに向けて滑《すべ》らせた。

そのホルダーは再生紙でできていた。ホルダーだけではなく、この事務所で使われている紙は、ほとんどが再生紙だった。

白石景子によれば、それは、役所に対する所長のポーズに過ぎないということだった。『環境犯罪研究所』は、環境庁の外郭団体ということになっている。

内村は再生紙が必ずしも環境のためにはならないと考えているらしい。それを佐伯は知っていた。

再生紙が増えたところで、原材料の樹木の伐採はあまり減らないのだ。多くの熱帯雨林の地域にとって、木材は唯一の外貨を稼ぐ手段なのだ。

しかも、紙の再生には、新しい紙を作るよりもコストがかかるといわれている。エネルギーも同様にかかるし、それだけ廃棄物も多くなる。しかも、漂白が必要なため、再生紙を作る過程で塩素を使い、そのため排水のなかにダイオキシンが混入してしまう。

ダイオキシンというのは、きわめて安定した塩素化合物なので、塩素と有機物を使うとどんなに注意しても出来てしまうのだ。

そういうポーズをとることで、役所の無知をあざ笑っているのかもしれないと佐伯は思うのだった。

ホルダーのなかには、いつものように新聞の切り抜きのコピーが束ねてある。

記事を読み進んで、佐伯はつぶやいた。

「別荘地の火事……？　これがどうしたのです？」

「老人がひとり焼け出されました」

「それが、うちの研究所とどういう関係があるのです？」

「放火の疑いがあるのですよ」

「新聞を読むかぎり、そうは思えませんね……？」

「さまざまな観点から考えて、そう判断できるのです」

「さまざまな観点……？」

佐伯は、ページをめくった。「この保津間《ほつま》興産という解体業者と関係があるというのですか……？」

保津間興産という名の解体業者が、産業廃棄物の不法投棄で摘発を受けたという記事だった。

「その保津間興産が摘発を受けた不法投棄というのは……」

内村が説明をしかけたとき、佐伯は、彼がいいたいことを記事のなかに発見した。

不法投棄をした現場というのが、火事のあったすぐそばなのだ。

「なるほど……。保津間興産の不法投棄と火事は何か関係があるというわけですか？」

「あります」

内村はきっぱりと言った。

「新聞記事だけでそれだけのことがわかるのですか？」

「それが情報分析の妙といったところです」

佐伯には信じがたかった。だが、内村の頭脳をもってすれば本当にそうなのかもしれないと彼は納得するしかなかった。

「それで……？」

「火事にあった人物は、不法投棄に反対する住民運動の中心人物でした。保津間興産が摘発されるきっかけになったのは、この人物だったのです」

「ほう……。ところで、俺は何のために呼ばれたのです？」

「あなたに、その人物と保津間興産の関係を詳しく調査していただきたいのです」

「関係を調査ね……。で、それは、実際にはどういうことなんです？」

2

佐伯は、一見、小心そうに見える内村の、眼鏡の奥の眼を見つめていた。

誰が見ても、内村所長は、典型的な公務員に見えるはずだと佐伯は思った。だが、その見せかけが曲者《くせもの》なのだ。

顔に不釣り合いなくらい大きめの眼鏡を掛けているが、それは、間が抜けたような印象を演出するためかもしれなかった。

事実、その眼鏡はそうした効果をもたらしていた。

だが、佐伯は、会ってすぐに内村が油断のならない男だと気づいた。今では、無条件に信頼している。尊敬さえしているのかもしれない。

唯一、佐伯が気掛かりなのは、内村が『環境犯罪研究所』で何をしようとしているのかわからない点だった。

佐伯は、警視庁時代、暴力団の摘発のために、容赦ない手段を行使し続けた。やり過ぎという内外の批判もあったが、佐伯は、暴力団に対してやり過ぎなどありえないと考えていた。

彼は暴力団というものをよく知っていた。日本の制度と文化の歪《ゆが》みが暴力団を生んだ。その背景には、芸能集団や行商の元締め的性格の存在があった。その後、時代が下り、荷役、港湾労働者、炭鉱労働者を管理する人々が必要だった。それを任俠団体が引き受けたという経緯もある。

幕末から明治にかけての戦乱で、荒れ果てた市街地の整理をやったのは、地元の任俠団体だったという例もある。

さらに、戦後の保守政権は、左翼対策に任俠団体を利用したりもした。

暴力団が生まれる土壌として、確かに、テキ屋、任俠団体といったものがあり、かつてそれは地域社会と共存していた。しかし、今日の暴力団は、それに似て非なるものであることを佐伯は知っている。

金が全ての犯罪者集団に過ぎないのだ。

佐伯は、親や親類を暴力団に殺されている。彼を育ててくれた親戚の一家は、家ごとヤクザに吹き飛ばされミンチにされてしまった。

彼らは実に簡単に人を傷つけ、殺す。また、女を平気で犯す。女を犯すことは、金につながる。女を商品に変えるのだ。

佐伯は、そうした例を刑事時代にいやというほど見てきた。

彼の姿勢は、検挙ではなく戦いだった。

佐伯は、『環境犯罪研究所』に出向を命じられたとき、警視庁が厄介者を追い出したのだと思った。

その瞬間に、佐伯は、人生を賭けた戦いが終わるのだと思った。環境庁の外郭団体などに自分の仕事があるとは思えなかった。

だが、実際に、内村が佐伯にやらせているのは、警視庁時代とさほど変わらない暴力団狩りだった。

拳銃と警察手帳がないぶんだけ、刑事時代より危険だといえる。だが、いい面もあった。

警察というのは、よくも悪くも組織で動かなくてはならないのだ。今は、単独行動ができる。

内村は、環境犯罪という言葉を作った。環境破壊に関連する犯罪的な行為のことだ。

彼は、佐伯に環境犯罪に関する調査を命じる。その調査に赴《おもむ》くと、必ず暴力団が絡んでおり、佐伯は、その連中を実力で排除することになるのだ。それが、佐伯の仕事のパターンとなっていた。

　環境庁の仕事とは思えない。

　一度、そのことについて質《ただ》したことがある。

　内村は、「環境犯罪に暴力団が関与するのは、ひとつのパターンだ」とこたえただけだった。

　確かに、これまで佐伯が手掛けた環境犯罪には暴力団が関わっていた。内村の説明は、ちょっと聞くと理屈にかなっているように思える。

　だが、そうではないと佐伯は思っていた。暴力団は、金になりそうならどんなことにも首を突っ込んでくるのだ。

　環境犯罪が特別なわけではない。

　佐伯は、いまだに内村の本当の狙いがわからないのだ。

　人選も奇妙だった。

　佐伯と白石景子は、ある奇妙な縁があった。ふたりとも、きわめて古い家柄で、佐伯は、佐伯連子《さえきのむらじこ》麻呂《まろ》の子孫だといわれていた。また、白石景子は、母方の姓が葛城《かつらぎ》で、葛城稚犬養連網田《かつらぎわかいぬかいのむらじあみだ》の子孫だという。

　このふたりは、大化改新のきっかけとなった蘇我入鹿《そがのいるか》暗殺の暗殺者たちなのだ。

蘇我入鹿の暗殺が、六四五年六月十二日。翌十三日には、入鹿の父、蘇我蝦夷《えみし》が自害し、蘇我本宗家が滅びた。これにより、大化改新が始まったのだ。

佐伯氏も葛城氏も古代の有力軍事氏族だった。佐伯氏は、蝦夷《えみし》の民を指揮しており、同様に葛城氏は隼人《はやと》族を統括していたといわれている。

かつて、蝦夷も隼人も、宮廷警護の任についていた。

先住民である蝦夷と隼人に関係のある佐伯と葛城。その子孫が『環境犯罪研究所』につとめているのは偶然とは思えなかった。

内村の単なる道楽とも考えられる。だが、象徴的な意味がないわけではなかった。

内村は、改革とか革新という言葉を評価していると佐伯に語ったことがある。内村は、大化改新を単なる宮廷内の勢力争いとは捉えていないようだ。蘇我氏独裁に風穴をあけた改革と考えているのだ。

そして、いついかなる場合でも、改革というのは有効な政治的手段だと、内村は言っている。

（まさか、現代の社会に大化改新をやろうというわけではあるまいな……）

佐伯はそう考えたことがある。現代の政治状況は、上代や古代とは比べ物にならないくらいに複雑になっている。このところ政権の交代も目まぐるしい。

だが、内村ほど頭のいい男の眼から見たら、意外に単純なのかもしれない。佐伯はそう考えたりもした。

とにかく、佐伯は、内村がこの『環境犯罪研究所』で単に環境庁の仕事をしているとは思えないのだった。

「保津間興産は、足立区にある解体業者で、実は、坂東《ばんどう》連合の本家である毛利谷《もりたに》一家の企業舎弟のひとつです」

内村は説明を始めた。

「ほう……」

佐伯は、顔を上げた。「俺もマル暴の現場を離れてヤキが回ったようですね。それは知らなかった」

「保津間興産では、解体業のほかに、廃棄物処理も業務として行っています。というより、解体業はもともと廃棄物処理を含んだ職業です。壊したあとのがらくたをどこかに捨てなければならないのですからね」

「そのへんはわかります。それで、焼け出された老人のせいで、不法投棄を摘発されたというのは……?」

「老人の名は、岩井六蔵《いわいろくぞう》。七十五歳です。彼は、別荘地の建売住宅を購入しました。老後をそこで過ごそうと全財産をはたいて家を買ったわけです。だが、周囲の環境が急に悪化した。すぐ近くに、ゴミが捨てられるようになったのです。ゴミの不法投棄は、エスカレートして、やがて産業廃棄物も不法投棄されるようになりました。多くの住民は逃げだしました。とても人が住めるような環境ではなくなったのです。しかし、そこに住むしかない人々もいます。岩井六蔵氏もそのひとりです。彼は、廃棄物……、特に産業廃棄物の不法投棄と戦う決意をしたわけです」

「それで、保津間興産ともめたわけですか……?」

「彼は、住民を組織して不法投棄に対するパトロールを行いました。環境保護を訴える市民団体がそれを支援しました。彼は、保津間興産のダンプカーを追い返したり、ナンバーを控えておいて、警察に通報したりを繰り返したのです。警察は重い腰を上げて形ばかりの摘発をやったというわけです」

「なるほど……。不法投棄というのはたいした罪にはならない。摘発されて罰金を払っても、正規に処理するより安上がりだといわれていますね。だから、不法投棄は減らない……」

「逮捕は形式的なものでした。しかし、保津間興産を怒らせるには充分だったというわけです」

「暴力団から睨まれて生きていられるだけでもめっけもんですよ。特に最近の風潮を見るとね……」

「一般人を殺すというのは、割に合わないのじゃありませんか？」

「そう……。殺人は、いかなる場合でも割に合いません。だが、暴力団員は殺します。彼らはプロです。法の抜け道を知っています。どうすれば殺人の証拠が残らないかを常に考えているのです。それが仕事ですからね……。そして、彼らは覚醒剤のせいできわめて興奮しやすい状態にあります。衝動的に殺してしまうこともあるのです。割に合わないから殺人をしないというのは一般人の考え方です。暴力団は、暴力のために存在しているのです」

「なるほど……。あなたが言うのだから確かでしょう」

「警察官が犯罪に関してプロであるように、暴力団員も犯罪のプロなのですよ」

「現地へ行って、岩井六蔵氏に詳しい話を聞いたら、保津間興産へ行っていただきます」

「それは、単に顔を出せという意味ではなさそうですね」

「あなたのやりかたを私も理解するようになりました」

「やはりね……」

これは、潜入しろという意味なのだ。

「保津間興産は足立区にあります」

内村は、詳しい住所を説明した。

「不景気だから、雇ってくれるかどうか……」

「心配ありません」

「心配ない……？」

「あなたは運輸省のコネで雇われることになります」

「運輸省……所長は運輸省にまで顔が利くのでしたね」

「国家公務員同士は、いろいろと融通が利くのですよ」

「本当かな……」

「段取りは、私の役目ですからね」

佐伯は内村を信頼している。彼は、佐伯を間違いなくバックアップする。

内村は、さまざまな情報を仕入れてくるし、いろいろな物を佐伯のために用意してくれる。

佐伯が気掛かりなのは、どうやって内村がそういう段取りを組むのかがまったくわからない点だった。

どういう人脈を持っているのか見当もつかない。

「俺も、俺なりに事前の調査をしてみますよ」

佐伯は、立ち上がり、所長室を出た。


席に戻ると、佐伯は、警視庁捜査四課の直通電話にダイアルした。刑事の奥野《おくの》巡査長を呼び出してもらう。奥野は本庁にいた。

「奥野か？　聞きたいことがあるんだ」

「チョウさん……。またですか……？」

奥野は、いまだに佐伯のことをチョウさんと呼ぶ。警視庁時代、佐伯は、奥野とコンビを組んでいたのだ。

当時、奥野は駆け出しだったが、いまでは、一人前の口をきくようになっていた。

「おまえしか頼る人間がいないんだ。手帳と拳銃を取り上げられて街に放り出された警察官の不安感が理解できるか？」

「不安感？　チョウさんが？　冗談でしょう。ここにいるときから、手帳なんて頼りにしていなかったくせに」

「保津間興産という解体業者を知っているか？」

わずかの沈黙。

奥野が声を低くするのがわかった。

「チョウさん。そのネタ、どこから仕入れたんです？」

その声は緊張を孕《はら》んでいた。

「何のことだ？」

「とぼけないでください。銀行の支店長殺しの件ですよ」

佐伯は、慎重になったが、それを声に表さないように注意した。

「俺は保津間興産について知りたいだけだ。坂東連合宗本家の毛利谷一家の企業舎弟だそうだな」

「本当に知らないわけじゃないんでしょう？　何をつかんでいるんです？」

「俺は、環境犯罪について調べているだけだ」

「情報をください」

「まだ何もつかんじゃいないよ。だから、おまえさんに訊《き》いているんだ」

また沈黙があった。

「じゃ、支店長殺しの件で電話をしてきたわけじゃないんですね？」

「どうかな……。実は関係があるのかもしれない……」

佐伯は、訳がわからなかったが、思わせぶりにそう言ってみた。

奥野はため息をついた。

「どうやら、僕は失敗を犯したようですね……。余計なことを言ってしまったようだ……」

「そうか？」

「今、捜査四課《ヨンカ》は大変なんですよ……」

「だろうな。これだけ企業テロや発砲事件が相次げばな……。ところで、保津間興産と聞いたとたん、銀行の支店長殺しのことを言いはじめたのはなぜなのか、話してくれるだろうな？」

「冗談じゃありませんよ、チョウさん。僕の立場も考えてくださいよ」

「今の俺には他人の立場を思いやるほどの余裕はなさそうだ」

「チョウさんこそ、保津間興産のことを聞いてどうするつもりだったんです？」

「言ったろう。環境犯罪の調査だ。保津間興産が栃木県で不法投棄を摘発されたことがあった。そして、その土地で反対運動をやっていた老人が火事で焼け出された。このふたつの出来事は無関係とは思えない。まあ、そういった類の話だ。さあ、こちらの札は晒《さら》した。今度はそっちの番だ」

「待ってくださいよ……。参ったな……。僕だけの判断ではなんとも……」

「情けないやつだ。俺の流儀を継ぐと、いつぞや言ってなかったか?」

「チョウさんみたいにできる人なんていませんよ」

「では、こうしてはどうだ? 庁内では話しにくいだろうから、これから、情報収集にこちらへやってくるというのは?」

これは、奥野にとっては常に魅力的な申し出なのだ。

奥野は、白石景子に会いたいので、何とか『環境犯罪研究所』にやってくる口実を見つけようとしていた。

「どうでしょう……。緑川《みどりかわ》さんに相談してみますよ……」

そう言ったが、やはり奥野の口調はまんざらではなさそうだった。

緑川というのは、佐伯のかつての同僚で、現在奥野と組んでいる刑事だった。緑川篤史《あつし》は四十五歳の部長刑事だ。大学出だが、キャリア組ではない。

佐伯は、緑川篤史を同僚として信頼していた。

彼は、奥野が佐伯とこそこそと情報交換していることを知っても咎《とが》めなかった。その代わり、自分も一枚噛《か》ませろと佐伯に言ったのだった。

「いいだろう。緑川といっしょに来るといい」

「ちょっと待ってください」

電話が保留にされた。

奥野は緑川と相談をしているのだ。やがて回線が再びつながり、奥野の声がした。

「これから伺っていいですか？」

「待っている」

佐伯は電話を切った。

白石景子が、佐伯のほうを見ていた。

「何だ？　今さら俺に見とれているわけじゃないだろうな」

「所長が心配してたわ」

「心配……？」

「佐伯さんが苛立っているって……」

「苛立っている？　俺が……？」

「そう……。あたしもそう思うわ」

佐伯は困惑した。

「君が事務所のなかでそういうことを言うとは思わなかったな……」

「完全にプライベートなことなら、あたしは何も言わない。でも、佐伯さんの苛立ちは、『環境犯罪研究所』の問題だわ」

「どういう意味だ？」

「ただでさえ危険な仕事をしているのに、冷静さを欠いていたら、その危険はさらに増すわ」

「所長は何も言っていなかったがな……。彼はいつもと変わらなかった」

「言うべき機会を窺《うかが》っているのかもしれないわ。所長は誰にもまして思慮深いから……」

「たしかに、俺よりははるかに思慮深い。だが、これだけは言っておく。俺は別に苛立ってなどいない」

「そう……？」

白石景子はそれきり何も言わなかった。

ずいぶんそっけないな……。佐伯は思った。苛立っているのはたしかだった。だが、自分でもどうしようもないのだ。

どうしようもないことを、他人に指摘されると、なぜか否定したくなる。

佐伯は、頭を切替え、奥野と緑川のことを考えた。ふたりからできるだけのことを聞き出さなくてはならない。

警視庁と永田町の赤坂寄りにある『環境犯罪研究所』は道が混んでいたとしても、車で十分もかからない。

じきに奥野たちがやってくるはずだった。だが、佐伯はなかなか集中して考えることができずにいた。

3

『環境犯罪研究所』にやってきた奥野は、初恋の相手に会う高校生のようだった。わずかに顔を赤く染め、落ち着きがない。だが、これは、奥野のせいばかりともいえない。

白石景子に会う男の多くはこれに近い反応を示す。白石景子が美しすぎるのだ。事務所にいるときの白石景子は、凜然《りんぜん》とした美しさを感じさせる。

いつも、タイトスカートのスーツに身を包んでいるが、タイトスカートというのは、白石景子のために発明されたような印象を受ける。それくらい、似合っているのだ。

長い髪をしっかりとまとめている。

緑川も奥野ほどではないにしろ白石景子に称賛の眼差しを送っている。

「所長室で話そうか？」

佐伯が言うと、緑川が複雑な表情を見せた。なにかひっかかるものがあるようだ。

緑川は言った。

「できれば、おまえさんにだけ話したい」

「俺は所長の指示で動いている」

「俺たちが話そうとしているのは、警察の極秘情報だ」

「俺は聞いた話を所長に話す。同じことだ」

「警察官同士の情報交換だ。この際、所長は外してくれ。おまえにはそれくらいの権限があるはずだ」

緑川は思慮深い男だ。佐伯は、彼の言い分を認めることにした。

「いいだろう。こっちへ来てくれ」

事務所の隅には、質素な応接セットがある。佐伯は、奥野と緑川をそこにすわらせた。

「それで、保津間興産にどういう興味を持っているんだ？」

向かい合ってすわると、緑川がいきなり尋ねた。刑事の口調だった。

「たまげたな……。尋問されているみたいだ……」

緑川は佐伯の軽口に付き合うつもりはなさそうだった。

「奥野に聞いた話だと、火事で焼け出された老人に関係があるとか……」

佐伯は、所長に手渡されたホルダーを緑川に差し出した。

緑川は、慎重に最初のページから見ていった。刑事は、こうした調べ物に慣れている。家宅捜索などの際には、それこそ徹底的に書類を調べるのだ。

緑川は、無言でファイルされた新聞記事のコピーを読み進んだ。

奥野は、白石景子のほうを気にしているようだった。意識していることを悟られまいとしており、それがかえって不自然さを感じさせる。

佐伯は、さりげなくふたりの反応を観察していた。かつての同僚とはいえ、警察官を信用するわけにはいかない。

警察官というのは、個人的な意思より、警察という組織の意思を尊重するものだ。

佐伯はそれをよく知っていた。

緑川が無条件で佐伯に協力するとは限らない。彼は彼なりに考えがあるはずだった。

緑川はファイルを読みおわり、顔を上げた。

「この火事が放火だったとは記事には一行も書かれていない」

「そう。警察の仕事ならそういう考えで充分だ。証拠がないことは考えなくていい。だが、俺の仕事はそうじゃない。証明する必要はないんだ」

「それは暴力団と同じ論理に聞こえるがな……」

「似ているかもしれない。だが、違うと俺は思っている」

「おまえのやりかたは、警視庁時代から法を逸脱した面があった」

「法を逆手にとるような連中を相手にしているんだ。俺に言わせれば、警察の暴力団に対するやりかたはまだなまぬるい。暴対法などザル法だ。だから、発砲事件が多発する。暴力団は警察をなめているんだ」

「何をそんなに苛立っているんだ?」

佐伯は、奇妙なことを言われたように、緑川の顔を見た。彼は、急に落ち着かなげに、視線をそらした。

「今日それを言われるのは二度目だ……」

「おたくの所長は、これが放火事件であり、犯人は、保津間興産の人間だと考えているわけだな」

「そういう可能性があると考えているんだ。俺はそれを調べるために、被害者の岩井六蔵氏に会い、そのあと、保津間興産に行く」

「保津間興産に……」

緑川は眉をひそめた。

奥野も景子どころではなくなり、佐伯の顔を見つめた。

緑川が言った。「それはどういう意味だ?」

「この職場は給料が安い。アルバイトにダンプの運転手でもやろうと思ってな……」

「ばかを言うな……」

「アルバイトをすることのどこがいけない?」

「それは、内村所長の指示か?」

「所長は部下のやり方を認めてくれる」

「いいか。潜入捜査は禁じられている」

「俺は捜査をするわけじゃない。俺が調べた内容が公判で使用されることはない。つまり、潜入が禁じられる理由もないということだ」

「おまえはまだ警察官なんだ。ここへは、出向しているだけだ」

「試しに同じ立場になってみるといい。警察手帳も拳銃も手錠も持たず、警察無線も使えない。それで警察官だという気分でいられるかどうか……」

「気分など問題じゃない。おまえはまだ警察官だという事実が問題なんだ」

「潜入が禁じられている。だから暴力団を野放しにする。これでは、国民は納得しない」

「野放しにしてるわけじゃありませんよ」

奥野が言った。「摘発に向けて努力しているんです。発砲が相次ぐ福岡では、県警が壊滅作戦を展開中で……」

「壊滅できると思うか?」

「え……?」

「県警が福岡の暴力団を壊滅できると思うかと訊いているんだ」

「いや、それは……」

「誰も信じてはいない。誰かが立てたスローガンに過ぎないんだ。よしんば、福岡のすべての暴力団が壊滅したとする。だが、ヤクザがいなくなるわけじゃない。ヤクザたちは、他の土地に流れて行って同じことを繰り返す。日本で稼げなくなったら、海外へ進出する。イタチごっこだ」

「おまえはあせっているんだ」

緑川が言った。

「あせっている? 別に俺があせるようなことなど何もない」

「俺たちのやってることが歯がゆいのさ」

「俺は別に……」

「おまえは、まったくおまえらしくない。余裕がない。そんなおまえを見るのは初めてだぞ」

佐伯は、話題を変えたかった。

「俺が保津間興産に潜入するのは、放火の件があるからだけじゃない。環境犯罪を続けている恐れがあるから、それを調査しなければならないんだ」

「ちゃんと名乗って立ち入り調査をすればいい。環境庁の権限でな」

「事実が隠蔽されてしまう。立ち入り調査の実情なんておそまつなもんだ。所轄署の暴力団事務所への家宅捜索《ウチコミ》みたいなもんだ」

「そういう言い方があせっている証拠なんだ」

「とにかく俺は俺のやり方でやる。上司がそれを認め、バックアップしてくれる」

「内村所長か……」

緑川がまた意味ありげなつぶやきを洩らした。「内村所長のバックアップね……」

「何か言いたいことがあるのか?」

緑川はそれにこたえず、代わりに奥野が言った。

「内村所長は、火事のことや不法投棄のことだけで、チョウさんに潜入しろと言ったのですか？」

「どういう意味だ？」

緑川と奥野は顔を見合わせた。

ふたりの態度は、佐伯にとってはおもしろくなかった。

彼らは、明らかに保津間興産について何か知っているのだ。

「奥野」

佐伯は言った。「おまえは、電話でうっかり口を滑らせた。俺が保津間興産と言ったとたん、銀行の支店長殺しのことを持ち出した。ミソをつけちまったんだ。全部吐いちまえ」

「内村所長は知っているかもしれない。いや、俺にはそうとしか思えない」

奥野がこたえるより早く、緑川が言った。彼は一層声を低くした。

「だから、何のことだ？」

「保津間興産は、始末屋だ」

「解体業だからな。ぶっ壊して始末するのが仕事だ。それがどうした」

「建築物を始末することを言っているんじゃない」

佐伯は勘が鈍いほうではない。すぐにぴんときた。

「それは、人間も始末するという意味だな？」

「人間だけじゃない。保津間興産は毛利谷一家の企業舎弟であることは知っているな」

「所長から聞いた」

「だが、俺たちは、単なる企業舎弟ではないと考えている」

「俺たち？　俺たちというのは何なんだ？　警視庁のマル暴という意味か？」

「俺たちは俺たちだ。それ以上は言えない」

「刑事がそういう言い方をする場合は、まだ正式に情報が共有化されていないんだ」

「おまえさん、やっかいな男だな……。まあそういうことだ。俺と奥野、そして、他には二、三の刑事しか知らない。足を洗ったある坂東連合系の幹部からの情報だ。どうやったら裏を取れるかを考えていた段階だ」

「単なる企業舎弟ではないというのはどういうことだ」

「企業舎弟というのは、たいていは暴力団の純粋な資金源だ。経営に暴力団が噛んでいるというだけで、日常業務はまっとうな会社として運営される」

「そんなことはわかっている」

「保津間興産は、資金源であると同時に、後ろ暗い部分も担っている。暴対法やらなにやらで、指定団体の毛利谷一家は思うように身動きが取れなくなった。毛利谷一家では、保津間興産を隠れ蓑にして、揉め事の後始末からテロまでをやらせているというわけだ」

「それだけじゃありません」

奥野が補足した。「これは、まだ未確認情報なのですが、保津間興産が中心になって、暴力団の地下ネットワークを作っているようなのです」

佐伯が心配していたとおりのことが、実際に起こっているのだった。

「どの程度のネットワークなんだ？」

「わからんよ」

緑川が言った。「だが、規模は問題じゃない。ネットワークというのは、電話一本でまったく関わりのない組の殺し屋が動くということだ。関西も関東も関係なくなる。このシステムがやっかいなんだ」

「わかってきたぞ。銀行の支店長殺しに、そのネットワークが使われた可能性があるということだな？」

「そう。たぶん間違いない。殺された支店長は、毛利谷一家と融資の件でかなり揉めていたんだ」

「では、実行犯は、一見毛利谷一家とも保津間興産とも関係のないやつだということになる……」

「そう。だから、容疑者を捕まえても、支店長殺しの因果関係はわからない」

「保津間興産を叩けばいいじゃないか？」

「今の段階では令状《オフダ》は下りない。だから、俺たちは、おまえに会う気になった。情報がほしかったんだ」

「おまえたちの言い分が理解できてきた。たしかに、うちの所長が放火事件や不法投棄の件で潜入を命じるとは思えない……」

「情報はほしいが、潜入は感心しない」

「警察ができないことを俺がやる。それだけのことだ」

緑川は奥野を見た。

奥野が言った。

「チョウさんを説得しようとしたってだめですよ」

緑川はうなずいた。

「それは、知っている。どうやら、目をつむるしかないようだ……」

緑川は立ち上がった。奥野が間を置かず、それに倣《なら》った。

佐伯は、立ち上がらなかった。緑川の会見の打ち切り方があまりに唐突だったので、タイミングを逃してしまったのだ。

緑川は言った。

「今のおまえさんは、普通じゃない。あせり、苛立っている。そういうときは、危険な失敗をやらかすもんだ。気をつけろ」

「おまえ、釈迦《しゃか》に説法という言葉を知っているか？」

「馬の耳に念仏なら知ってるよ」

緑川と奥野は出ていった。白石景子が立ち上がり、戸口までふたりを送った。このサービスは、奥野だけでなく緑川も気に入ったはずだと佐伯は思った。

佐伯は、しばらく応接セットのソファにすわって考え込んでいた。

白石景子は、ありがたいことに、用事があるとき以外はまるで、そこにいないかのように振る舞ってくれる。佐伯は、邪魔されることなく、考えを巡らせることができた。

佐伯は、緑川たちから聞いた話を所長にはしないと言った。だが、約束したわけではない。

警察の極秘事項だと緑川は言った。それを所長に洩らすということは、警察官である佐伯が警察を裏切ることになる。だが、佐伯は、今は『環境犯罪研究所』の職員なのだ。研究所の仕事を第一に考えるべきだ。

彼は迷った。その結果、所長に話すことにした。そのほうがいいと判断したのだ。彼は、所長に会おうと立ち上がった。

そのとき、白石景子の席の内線電話が鳴った。景子が言った。

「佐伯さん。所長がお呼びです」

所長のところへ行こうとした矢先だ。

もちろん、偶然に違いないが、佐伯はとても偶然とは思えなかった。内村には、そう思わせる不思議な雰囲気がある。

所長室のドアを開けると、やはり、所長は、右手側のサイドデスクにあるコンピュータのディスプレイを覗き込んでいた。

「俺にくれたファイルには、かなりの情報が欠落していたようですね」

佐伯がそう言うと、内村は、驚いたように佐伯を見た。

佐伯の言葉に驚いたのではなく、そこに佐伯がいることに驚いたような感じだった。

佐伯は、こうした内村の態度が演技ではないかと疑った一時期があった。だが、今では、それが演技ではないような気がしはじめていた。

内村は常日頃、公務員は国民のために働いているのだと言っている。日本が理想の国家に近づくため努力するのが彼の役割だというのだ。

普通の人の口から出た言葉なら、単なるたてまえでしかなかっただろう。だが、内村はたしかにそのたてまえのために本気で戦っているように見えた。

彼は、自分のキャリアまでも賭けて戦っている。そのエネルギーは、ときどき見せるあまりに無防備な驚きの表情と無関係ではないかもしれない。佐伯はそう感じるようになっていた。

内村所長は無邪気なのだ。

彼は、理性的な人間だ。成熟した人格を持っており、彼の優秀な頭脳は、その理性によって保証されている。だが、基本的に無邪気な魂を持っているのだ。

成熟した人格と無邪気さの同居。

それが、内村の不思議さの正体なのかもしれなかった。

「情報が欠落？　何のことです？」

内村は、本当に訳がわからないといった表情だった。

「銀行の支店長が殺された事件を知っていますね？」

「新聞で見ました。続発する企業テロのひとつですね……」

「その支店長殺しと保津間興産が関係あるかもしれない——そのことを、所長は知ってたんじゃないですか？」

「いいえ。知りませんでした」

「そうは思えませんね。放火の疑いだけで、保津間興産に潜入しろという指示は、考えてみると無茶な気がします」

「放火だけの問題じゃないんですよ。産業廃棄物の不法投棄の実態を知らなければならないのです。それだけじゃ不足だというのですか？」

「そういうわけじゃありません。だが、これまで、所長に指示されて、調査に赴いた先では、必ず何か大きな問題にぶちあたりました」

「結果的にそうなっただけです。環境犯罪は単独で成立するよりも、大きな犯罪の一部となっている場合が多い。第一、環境破壊という行為自体が人類全体にしてみれば大きな犯罪であり……」

「よしてください。本当のことを言ってください。俺はそれなりの危険を冒さなければならないのです」

「危険だと思ったらやめてください」

「そういうわけにはいかない……」

佐伯は煙に巻かれそうな気分になってきた。内村に議論を挑んだこと自体が無謀だったような気がしてきたのだ。

「今、奥野やその先輩にあたる刑事と話をしていました。彼らは、保津間興産が毛利谷一家の始末屋だろうと言っています。保津間興産がテロのネットワークを作っているかもしれないと言っていました。銀行の支店長殺しには、そのネットワークが使われた可能性があるのです」

内村は驚かなかった。

「可能性はありそうですね」

「知っていたんでしょう?」

「いいえ。知りませんでした。ただ、その疑いはあるかもしれないと思っていたのです」

「どうして話してくれなかったのです?」

「まだ憶測の段階でしたからね。それに、あなたなら自分で調べだせるだろうと思っていました。事実、私が話さなくてもその情報を手に入れたじゃないですか」

「俺をあまり買いかぶらないでほしいですね……」

「信用しているのですよ」

「どうして俺を呼んだのです?」

「お客さんが来たのがわかりました。誰が来たのか白石景子くんに訊くと奥野さんだと教えてくれました。そこで、どんな話をしたのか興味が湧いて、あなたに尋ねようと思ったわけです」

　どこまで本当のことか、佐伯には判断がつかなかった。結局、誤魔化されたような気分のまま、佐伯は所長室を出た。

4

現地に着いた佐伯は、思わず顔をしかめた。ひどい悪臭だった。

悪臭にもいろいろある。ひと時代前までは、田園地帯に行くと、必ず有機的な臭いがしたものだ。

化学肥料ではない、有機的肥料つまり、糞尿の臭いだ。また、牧場などでも牛糞や馬糞の臭いがする。

こうした臭いには耐えられるものだ。人間が生きていく上で必要な臭いでもあった。

だが、今佐伯が嗅《か》いでいる臭いはまったく異質だった。刺激的であり、神経を苛立たせるような臭いだった。

岩井六蔵は、焼け出されたあと、空き家のひとつに移り住んでいた。市民団体が当面、面倒を見ているということだった。

そのあたりには、逃げだした住民が住んでいた空き家がいくらでもあった。

不動産屋の持ち物であったり、まだ、住んでいた人間が権利を持っていたりしたが、その土地に頓着する者はいないようだった。

誰がどこに住もうと自由な状態だった。

佐伯は、岩井六蔵の住まいを訪ねた。粗末な合板のドアだった。佐伯は、そのドアを叩いた。

「岩井さん、いらっしゃいますか?」

返事がなかった。

佐伯がもう一度ドアを叩いたとき、家の中からではなく、背後から声がした。

「何だ、あんたは?」

佐伯が振り向くと、そこには、三人の男女が立っていた。

男がふたりに女がひとり。片方の男は、年齢が三十歳くらいで、よく日焼けしていた。もう片方の男は、ひょろりと背が高い若者だった。

女は、二十五歳前後だ。化粧っけがなく、長い髪をしている。

佐伯は、その彼らが環境保護団体の人間であることを見て取った。

環境保護団体独特の雰囲気を持っている。市民政治団体と共通する雰囲気であり、宗教団体にも似た感じだった。

佐伯は、訊き返した。

「あんたらこそ、何だ？」

「『不法投棄監視連絡会』の者だ」

よく日焼けした三十歳くらいの男が言った。彼らは、佐伯への反感を剝き出しにしていた。あるいは、それは、警戒心のあらわれだったのかもしれない。

「私は、あんたたちに用があって来たわけじゃない。岩井六蔵さんに用があって来たんだ」

「岩井さんに何の用だ」

「本人に直接言うよ」

「何者だ？」

「『環境犯罪研究所』から来た」

「『環境犯罪研究所』？」

ひょろりとした若者が言った。「聞いたことないな……」

まるで言いがかりをつけているような口調だった。

「自分の見識の浅さを恥じるんだな……。そういう組織が実際にあるんだ。環境庁の外郭団体だ」

「環境庁！」

若者は吐き捨てるように言った。「役立たずの役所だ。環境問題を考えるふりをして、結局は通産省の方針には逆らえないんだ」

「あんたたちのような環境保護団体に言わせるとそういうことになるのかもしれないな……。だが、私はあんたたちと議論するつもりはない」

佐伯は、彼らに背を向けて、また、ドアを叩いた。

「待て」

日焼けした男が言った。「用件がはっきりするまで岩井さんには会わせることはできない」

佐伯は再び振り返って言った。

「なぜだ？　私が保津間興産の人間だとでも思っているのか？」

三人は緊張を露わにした。

保津間興産という言葉が明らかに彼らを刺激したのだ。彼らも、所長と同じように、火事は保津間興産のせいだと考えているに違いない。佐伯は、そう思った。

ひょろりとした若者が一歩前に出て、佐伯につかみかかった。

「この野郎！　やっぱり保津間興産のやつか？　放火だけじゃ足りなくて、直接岩井さんを脅しに来たんだろう！」

佐伯は、胸元をつかんでいる若者の右手を両手ではさんだ。そのまま、わずかに体を沈めると、若者は、悲鳴を上げて手を放した。佐伯はツボを決めたのだった。

「そう簡単に熱くなるもんじゃない」

佐伯は言った。「私が本当に保津間興産の人間だったら、これくらいじゃ済まない」

「保津間興産の人間ではないが、保津間興産と岩井さんの関係を知っていると……？」

日焼けした男が言った。

「すべて知っているわけではない。だから、話を聞きに来た」

「信用できるもんか！」

若者が言った。

「身分証明書か何かあるの？」

髪の長い女が言った。

色白で顔だちは悪くないが、まったくおしゃれの意欲がないらしい。眉の形を美容院で整えようと思ったりしないタイプだ。わずかだが、まぶたに産毛が生えている。

長い髪は手入れをすれば美しいはずだが、ただ伸ばしているだけという感じだった。

もちろん、佐伯は、内村が用意した『環境犯罪研究所』の身分証を持っていた。

それを開いて見せた。

女は言った。

「それには、環境庁の名前はどこにも書いてないじゃない」

「私は環境庁の役人ではない。所長がそうなんだ。私は、職員に過ぎない」

「彼が言ったとおり、信用できないわね」

佐伯は、彼らとの会話にうんざりしてきた。

そのとき、不意にドアが開いた。

ドアの向こうに疲れ果てた感じの老人が立っていた。

佐伯は、『不法投棄監視連絡会』の連中を無視してその老人に話しかけた。

「岩井六蔵さんですね？　私は……」

「話は聞こえていた」

「ぜひ、お話をうかがいたいのです」

岩井六蔵は、不機嫌そうな表情のまま言った。

「入ってくれ」

佐伯が入口に足を進めると、日焼けした男が言った。

「待ってください、岩井さん。私たちも同席します」

それが当然の権利だといった口調だった。

「俺は、この人とふたりで話をする」

岩井が言った。

「しかし、その男は信用できません」

「信用だと？」

岩井の口調がにわかに厳しくなった。「では、あんたらが信用できるというのか？　いいから、放っておいてくれ」

岩井は、ぴしゃりとドアを閉めた。

分譲の住宅といっても、実際はプレハブ造りのような粗末なものだった。

入口に小さな三和土《たたき》があるが、それは、ドアの開閉のためにあるに過ぎなかった。

三和土を上がるとすぐ台所になっており、その向こうが居間だった。居間は六畳の大きさで、その奥に、襖《ふすま》があった。

襖の向こうは四畳半程度の部屋であることが、棟の大きさからわかった。居間に家具はひとつもなかった。

暖房器具は、安物の石油ストーブだったが、すきま風がひどく、部屋は決して居心地よくなかった。

カーペットも敷いていない六畳の居間は、畳が変色していた。

岩井は、絶望と向かい合った老人の顔をしていた。身寄りのない老人が、老後のためにようやく手に入れた家を焼かれてしまったのだ。

「すわったらどうだ……」

岩井六蔵はぶっきらぼうな調子で言った。どんなに楽天的な人間でも、彼のような目にあえば、人に優しくなどできないに違いない。ひどい目にあった人間ほど偏屈になる。

そして、佐伯は、かつてそうした人間とばかり関わる仕事をしていた。刑事というのは、そういう仕事なのだ。

佐伯は、畳の上にあぐらをかいた。

家具のない家というのは居場所に困るものだとあらためて感じていた。

岩井六蔵もどっかとあぐらをかいた。彼は茶を出す気もないようだった。佐伯も期待してはいなかった。

「何を聞きにきた？」

岩井六蔵は言った。

佐伯を招き入れはしたものの、友好的な態度を取るつもりはないらしい。

「火事のことを詳しく訊きたい」

「警察や消防署の連中に何度も言ったよ」

「警察が訊きたいと思ったことと、私が訊きたいと思っていることとは、おそらく、少しばかり違っている」

「どう違うんだ？」

「警察は先入観なしで質問をしなければならない。私は、火事が保津間興産の仕業ではないかと考えている。そういった違いだ」

「それを聞き出してどうする？」

「保津間興産に行く」

「行って何をしようというんだ？」

「そうだな……。気に入らないやつがいたらそれなりの制裁を加える」

岩井六蔵は、佐伯を見た。まだ、不信感をぬぐい去ってはいないが、その眼は驚きを表していた。

「制裁……。いったいどういった権限で……？」

「権限でやるのではない。それが必要なら、私はやる」

「ばかな……。相手が何者か知っているのか？」

「解体業者だ」

「まったくあてにならないやつばかりだ。保津間興産はただの解体業者じゃない」

「坂東連合宗本家、毛利谷一家の企業舎弟だといいたいのだろう」

岩井老人は、またしても驚いた表情を見せた。

「相手がヤクザだと知って言ってるのか？」

「いけないかな？」

「あんたはヤクザのおそろしさを知らないんだ……」

「そうかな……？　私は、環境庁の外郭団体で働いているが、実は、身分は警察官だ。出向しているんだ。いまの職場に来る前は、捜査四課にいた。マル暴の刑事だったんだ。おそらく、あんたより、ヤクザのことを知っている」

「暴力団担当の刑事……。本当か？」

「あんたに嘘を言っても始まらない」

岩井は、奇妙な反応を見せた。

ひどく戸惑っているような感じだった。そして次の瞬間、彼は、肩からがっくりと力を抜いた。

今にも崩れ落ちていきそうに見えた。一瞬にして老け込んだようだった。

張りつめていた気持ちが、一気に緩んだのだ。

「頼りになる人間などひとりもいなかった。誰も力を持っていないからだ。街から集まってきた連中は、能書きは一人前だ。だが、保津間興産のやつらが嫌がらせを始めると、すぐにばらばらになっちまった。ここらの住民と同じく逃げだしてしまったんだ。残った連中はわずかだった……」

「だが、彼らはあんたを支援しているのだろう？」

「支援というのは何だ？　ああすべきだ、こうすべきだと言いたいことを言うだけだ。私はいっしょに戦ってくれる味方がほしいんだ」

「そうかもしれないが、少なくとも敵に囲まれているよりはましだ」

「私は、ここに住むしかないんだ。もうよその土地に引っ越す金もない。ここで死のうと決めたんだ。だが、彼らは違う。ここでうまくいかなかったら、別の土地で運動とやらをやればいいんだ。彼らがたくさんここにやってきたときには、私は救われた気分だった。ああ、これで、この土地も元通りになるかもしれないと思ったんだ。だが、何も変わらなかった。保津間興産が脅しをかけたり嫌がらせを始めると、逃げだしていった。私は、もう失望したくない。期待して裏切られるのはまっぴらなんだ」

「ドアの外にいた三人は、少なくとも逃げださなかったわけだ」

「いついなくなるかわかったもんじゃない。逃げだすチャンスをうかがっているに違いないんだ」

「私のことを保津間興産の関係者ではないかと疑って、声をかけてきた。まんざら、腰抜けとも思えないがな……」

「いざとなったら逃げだすんだ。あんたがひとりだから強気に出ただけだ。ダンプで数人が乗り込んできたら、連中はアジトに閉じこもって小さくなっている」

「それがあたりまえの反応だと思う」

「それじゃいつまでたっても、この土地は最悪のごみ捨て場だ。私は、ごみ捨て場に住みつづけなければならない」

　彼は、『不法投棄監視連絡会』の連中に期待をしすぎたのだと佐伯は思った。その期待が裏切られたので、ことさらに彼らを頼りなく思うのだ。

岩井六蔵は、恨みすら抱いているような口ぶりだった。戦いに疲れ、生活に絶望して、彼は逆恨みをしているのだった。

佐伯は、その点について議論をするつもりはなかった。さっきの三人があてにならないという見方には同感だった。

「それで、具体的にはどんな嫌がらせがあったというんだ?」

「ダンプで乗り付けて、監視連絡会のやつらの目の前に産業廃棄物を捨てる。抗議をした者に暴力を振るう。この土地にとどまっていたら、ひどい目にあうと脅しをかける。実際に闇討ちにあってけがをした者もいる。たかが脅しというが、実際にやられるとこたえるものだ。特に相手がヤクザだとな……」

佐伯はうなずいた。

彼は、それをよく承知していた。ヤクザの脅しを受けつづけて平気でいられる者はきわめて少ない。

岩井六蔵は続けて言った。

「やつらは、さっさとこの土地から出ていけと言った。保津間興産のやつらにそんなことを言う権利はない。ここは、私の生まれ育った土地ではない。だが、私が死のうと決めた土地なんだ」

「あんたは、この土地を去ろうとしなかった。そして、わずかに残った土地の人々を組織して保津間興産の不法投棄と戦った」

「テレビ局が取材に来たよ。そのときだけは、監視連絡会の連中もはりきった。何とかいうニュース番組のなかで、たった三分間ほどそのときの様子が放送された。反響はあまりなかった。手紙が届いただけだ。誰もよその土地のことなんか本気で心配はしないのだ」

「そして、火事が起きた……」

「そういうことだ。私は何もかも失った。私には子供ができなかった。女房にも先立たれた。私は、若いころの思い出だけにしがみついて生きてきた。その思い出の品やアルバムの写真も全て焼かれてしまった。今の私は、ただ生きているだけだ。生活しているという実感がない……」

年をとるというのは、淋しいものなのだと佐伯は思った。彼はその気持ちを想像するしかない。実際は、想像をはるかに超える淋しさなのだろうと彼は思った。

「警察に保津間興産の仕業かもしれないと言ったのか？」

「言った。調べてみると警察では言ったが、それきりになってしまった。私は、安物の石油ストーブを使っていた。このあたりにガスは来ていないからな。そのストーブの不始末ではないかと警察では疑っていた」

「そうではないのだな？」

「違う。あの家は、私の唯一の財産だった。私は、神経質なくらい火の元には気をつけていたのだ」

「だが、警察はその言葉を額面どおりには受け止めなかった……」

「そう。火事の日、私は酒を飲んでいた。ひどく酔っていたわけではない。だが、飲んでいたことが問題だった。保津間興産の連中が放火をしたという証拠は何もない。放火の現場を目撃した者もいないし、怪しい人間を見た者すらいなかった」

「なるほど……。それでは、警察はどうしようもない……。それでなくとも、火事の現場検証というのは、気の滅入るものなんだ」

「だが、私は、保津間興産のやつらが放火したのだと思っている」

「それでも、ここから逃げだす気はないというのだな？」

「ない。私は、ここから動かない」

「わかった」

佐伯は言った。「ならば、私が保津間興産に行く意味がある」

「本当に乗り込んでくれるのか？」

「それが私の仕事だ」

「環境庁の人間がなぜそこまで……?」

「言ったろう。私は環境庁の役人ではない。あくまでも警察官だ」

「私は、あまりに裏切られ過ぎた……」

岩井六蔵は言った。「だから、何か結果を見るまで、あんたのことも信じることはできない」

「かまわないよ。私は私の務めを果たすだけだ」

岩井六蔵は何も言わなかった。彼は表情を閉ざしている。傷ついて人生に望みをなくした老人をなぐさめる言葉など思いつかなかった。

佐伯は立ち上がった。

岩井六蔵は動かなかった。

戸口まで行って、佐伯は振り返り、言った。

「テレビを見ても、誰もこの土地のことを本気で心配しなかったと、あんたは言った。だが、そうじゃない。うちの所長は本気で心配して、私をここに派遣した」

それでも岩井六蔵は何も言おうとしなかった。

佐伯は部屋を出た。

『不法投棄監視連絡会』の三人は、もういなかった。どこかで、そっと様子をうかがっているのかもしれないと佐伯は思った。

彼は、岩井六蔵の住居を後にした。

5

保津間興産は、足立区神明《しんめい》二丁目にあった。花畑《はなはた》運河のそばの広い敷地に、ダンプカーやブルドーザーの駐車場がある。

クレーンやパワーショベルなどさまざまな大型特殊車両が並んでいる。敷地の奥に、社屋があった。

社屋は、三階建ての小さなビルに過ぎず、経費や設備投資の多くが作業用の機械に割かれていることがわかる。

門の内側には守衛所があった。年老いた守衛が窓口にいた。

佐伯は、守衛に挨拶《あいさつ》をした。彼は、スーツにネクタイという恰好だった。

「人事課がどこか知りたいんだが……」

守衛は、胡散《うさん》臭げに佐伯を見て、それから言った。

「人事課は、三階にあるが、一階に受付があるから、そこで用件を言うといい」

佐伯はうなずいて歩きだした。駐車場が広いため、門から社屋まではずいぶんと歩かなければならなかった。

守衛は受付と言ったが、単にロッカー兼用のカウンターがあるだけだった。その向こうでは社員が仕事をしており、佐伯が声を掛けると一番近い席にいた女子社員が立って近づいてきた。

「何か……?」

「人事課に用があって来たんだが……」

「どんなご用ですか?」

佐伯は、内ポケットから封筒を取り出し、その中の書類を広げて見せた。

内村所長が用意した運輸省からの紹介状だった。

「こちらの会社に就職することになった」

女子社員は、佐伯から見て左手にある階段を指さした。

「人事課は三階にあります」

「どうも……」

佐伯は書類をしまって、階段で三階に上がった。

三階は総務部だった。社員はみな背広を着ている。総務部の奥には、役員室があるようだった。

佐伯は、また一番出入口に近い席にいる社員に声を掛けた。

「人事課はどこだろう？」

若い社員だった。彼は丁寧に立ち上がって左手の一番奥を指さした。

総務部長の席が窓を背にする形であり、その前に机の島がふたつできている。彼は、その島のひとつを指さしたのだ。

両方の島は、それぞれひとつの机から二列になって延びている。

それぞれの島を見渡すように置かれている机が課長のものだとすぐわかった。

佐伯は、人事課長の机に近づいた。

課長は目を上げた。不安げな表情に見える。

「何ですか、君は？」

人事課長は、警戒心を露《あら》わに尋ねた。

佐伯は書類を出して言った。

「こちらにごやっかいになることになりました」

課長は、書類をうけとり、眉をしかめて書類を読んだ。

「ちょっと待ってくれ……」

彼は立ち上がると、総務部長のところへ行った。何やら相談している。

部長は重々しくうなずいた。課長が佐伯に声を掛けた。

「君、こっちへ来てくれ」

部長が立ち上がり、課長と連れ立って歩きはじめた。佐伯はそれを追った。

人事課、総務課合わせて社員は七人しかいなかった。その社員がさりげなくではあるが、佐伯に注目している。

その好奇心を無視するように佐伯は進んだ。彼は、小さな会議室に案内された。部長と人事課長が並んですわった。佐伯は彼らと九十度の角度ですわる形になった。

部長が書類を見ながら言った。

「まさか、こんなに若い人が来るとは思わなかった……」

「そうですか……」

「私はてっきり天下りだと思っていたのでね……。役職を用意しようとしていたんだが……」

「天下り……」

「運輸省のある課長から話があった。ひとり社員として受け入れてくれと……。当然、定年後の天下りと思うじゃないか……」

そういう話になっているとは、佐伯も知らなかった。

「何でもやりますよ」

佐伯は言った。「不景気でなかなか職にありつけません。仕事は選びませんよ」

「人材の無駄遣いをするわけにはいかないんだよ」

部長は苦い表情だった。

定年後の天下りなら、社に置いておくだけで役に立つ。役所にいたころの人脈があるからだ。

しかし、佐伯を見て、それが期待外れだったことに気づいたのだ。佐伯のような年齢では、人脈を期待できない。

「まあ……、運輸省からの紹介では断るわけにもいかんしな……」

部長は、課長の顔を見た。

人事課長は同じような苦い表情で言った。

「現場のほうに行ってもらいましょうか?」

彼は、佐伯を見て尋ねた。「免許は持ってるかね?」

「普通免許なら……」

「うちのような職業で、普通免許ではちょっとな……」

「教習所に通いましょうか？」

「その間、無駄飯を食わせるわけにはいかんのだ。うちだって、本当はリストラをしたいくらいなんだ」

人事課長はわざと困り果てた顔をしている。これは佐伯に対するせめてもの嫌がらせなのだ。

役所から使えない人間を押しつけられておもしろいはずはない。

部長が言った。

「何か特技はないのかね？」

紹介状とともに、履歴書を渡しておいたが、特技の欄には特に何も書いていなかった。佐伯はこたえた。

「幼いころから武術をやっていて、腕には少々自信はありますが……。そういうのは、会社では役に立ちませんよね……」

佐伯は、部長と人事課長の反応をうかがった。

しかし、腕っぷしの話をしても、ふたりとも特に変わった反応を見せはしなかった。

人事課長が言った。

「ガードマンでもやってもらうかね……」

彼はそう言って、鼻で笑った。

部長は、課長に言った。

「とりあえず、総務課に置いてくれ。そのうち、適性を見てしかるべき部署に配属するんだ」

人事課長はうなずいた。

「わかりました」

部長は立ち上がり、さっさと会議室を出ていった。

部長がいなくなると、人事課長が佐伯に言った。

「腕に少々自信があるだって……？」

「はい」

これは本当のことだった。

佐伯の家には、『佐伯流活法』と呼ばれる武術が伝わっていた。彼は、父からその武術をみっちりしこまれたのだ。

おかげで、警視庁時代は、逮捕術で人に遅れを取ったことはなかった。『佐伯流活法』はきわめて実戦的な武術だった。

この武術が伝わっているという事実が、佐伯連子麻呂の子孫であることを物語っているのだと、父から教えられていた。

人事課長は急に声をひそめた。

「君……、知っていてこの会社に来たのか?」

「何のことです?」

人事課長は、余計なことを言ってしまったというように、咳払いした。

「いや……。いいんだ。管理職しか知らないことだ……」

毛利谷一家との関係のことを言っているのはすぐにわかった。

だが、佐伯は何も言わなかった。

課長は立ち上がった。

「来たまえ。席に案内する」


総務の課員は四人いた。佐伯が加わって五人となった。

総務課長も、突然部下が増えたことにうろたえているようだった。

佐伯の最初の仕事は、自分の机を業者に注文することだった。大会社ではないので、余分な机などないのだ。

席がないので部屋の隅にある応接セットにすわるように言われた。そこから佐伯は注意深く周囲の雰囲気を観察した。どう見てもまっとうな会社だった。

社員は、普通のビジネスマンだ。毛利谷一家の息がかかっていそうな人間は見当たらない。

人事課長も総務課長も典型的なサラリーマンだし、部長も暴力団関係者ではない。どんなに素性を隠そうとしても、佐伯が見れば暴力団関係者はすぐにわかる。

企業舎弟というのはそういうものだ。

純粋に経済活動をするのが役割なのだ。問題は、役員だと佐伯は思った。

また、解体業の現場の人間のなかにも、組の若い衆がいるはずだった。

潜入するのは簡単だ。問題はその後なのだ。佐伯は、岩井六蔵の家に放火したことの証拠をつかもうというのではない。それは、警察の仕事だ。

彼は、地下のテロ・ネットワークの実態を見きわめたいのだ。

佐伯はチャンスをじっと待つことにした。

潜入してからは、『環境犯罪研究所』には顔を出さない。横浜の白石邸から足立区神明二丁目の保津間興産まで通勤するのだ。

一日目は何事もなく過ぎた。

定時に退社して、佐伯は帰宅する。白石邸に戻ると、彼は、食事のまえに汗を流すことにした。

保津間興産では、午後ずっと応接セットのソファにすわっていた。身体中が凝っている感じがした。

スウェットの上下を着ると、庭に出た。庭に大きなクヌギの木が立っている。佐伯は、その木に向かって立った。

両足を肩幅ほどに開き、右足をやや前に出す。脚の前後の幅と左右の幅はだいたい同じくらいだ。

膝をわずかに曲げ、しっかりと腰を締める。佐伯は、その体勢で、左右の掌《てのひら》を立木に向かって突き出しはじめた。

体が前傾するほど体重を掌に掛けている。相撲の『てっぽう』のように見える。これが、『佐伯流活法』の基本練習だ。『佐伯流活法』では、掌打を多用する。

掌打は、使い方によって、拳よりずっと実戦的な武器となる。

拳は、皮膚や筋肉、骨にダメージを与えるが、掌打は、内臓や脳にダメージを与えることができる。

一般に、武道や格闘技の心得のない人間でも喧嘩をするときには拳《こぶし》を握る。だが、拳というのは、案外もろいものだ。

相手の固い頭蓋骨などを殴ってしまうと、たちまち、腫《は》れ上がる。

手というのは、きわめて複雑な骨が集まってできている。そのおかげで、人間は、さまざまな手作業ができるのだ。

その精密な手は、骨折しやすいのだ。しかも、パンチの威力を生かすためには、手首のぐらつきをなくさなければならないが、それには、長い時間をかけた訓練が必要だ。

つまり、本当の意味で拳を武器にするのは素人には無理だということになる。

その点、掌打には、それほどの訓練は必要ない。手首のぐらつきは考えなくてよく、掌底部《しょうてい》が当たれば、パンチ力はストレートに伝わる。

手を開いていると指が相手の目などを脅かすが、それこそが有効な武器なのだ。

また、当たったときの力の加え方で、相手の体勢を崩すこともできる。打つ、さばく、ひっかける、つかむ……。掌打は一瞬にしてさまざまなテクニックに変化させることができるのだ。

『佐伯流活法』では、掌打を『張り』と呼んでいる。

基本練習では、まず、掌に体重を充分にのせることを学ぶ。相撲の『てっぽう』

のように見える練習はそのためのものだ。

そのあとに、体のうねりを利用することを覚える。

後方にある足で強く地面を踏みつける。その反作用を、膝《ひざ》のばね、腰の回転、背骨のしなりと回転、肩、肘の関節の動きを利用して増幅していく。

その力を掌に集中させる。鞭《むち》のように体を使うのだ。

そうした打ち方に習熟すると、距離が必要なくなってくる。パンチを打つときのテイクバックの距離をすべて自分の体のなかで代用させることができるようになるのだ。

中国武術でも、最上の突きは、寸勁《すんけい》といって、ほとんど相手に触れるほどの距離から打ち込む拳だといわれている。空手でも、同様の手法があり、五寸打ちなどといわれている。

いずれも、体のうねりをうまく利用しなければできない。

また、『佐伯流活法』には、肩と肘の動きだけを利用した『刻み』という手法もある。ボクシングのジャブのような打ち方だ。

前方にある掌や拳ですばやく打つ。ジャブのように相手を牽制するのにも使うが、熟達すると、このちいさな『刻み』だけでも相手をノックアウトすることができる。

肩の回転と手首の返しがポイントだ。

基本の掌打を終えると、佐伯は、『張り』と『刻み』の練習を始めた。『佐伯流活法』には、空手のような独演型は伝わっていなかった。

必ず、立木に向かって実際に打つ練習をする。空手とは、まったく違った文化的土壌で育った武術なのだ。

古代の相撲に近いのかもしれない。また、右前の構えは、剣術から来ているのかもしれなかった。

独演型は、中国と琉球の文化だ。『佐伯流活法』は、日本古来の武術なのだ。

続いて、佐伯は、拳をにぎり、木立に押しつけたり打ちつけたりした。どちらかというと押しつけているほうが多い。

『撃ち』の練習だった。『佐伯流活法』で、拳を使う打撃法を『撃ち』と呼ぶ。

単なるパンチとは違い、やはり、体のうねりや回転を利用する。さらに、『撃ち』では、拳で相手の体重を浮かせるような練習をする。それにより、衝撃が相手の体の中を突き抜けていくようになる。

その衝撃の鋭さから『撃ち』と呼ばれているのだ。特に、顔面や頭部に対する『撃ち』は、殺し技とされている。

佐伯は、たっぷりと汗をかいていた。

さらに蹴りの練習をした。『佐伯流活法』では、蹴りは多用しない。あくまでも、補助的な使い方をする。しかし、きわめて実戦的な訓練をする。

『佐伯流活法』の蹴りは、下段しか狙わない。膝と金的を鋭く蹴る練習をする。また、蹴りよりも、『刈り』と呼ばれる崩しに足をよく使う。

『刈り』には、多彩な方法があり、実戦では、たいへん有効だ。

最後に、佐伯は、スウェットのパンツのポケットからパチンコの玉を取り出した。それを右の掌に握り、人差し指の腹に一個のせた。

立木から三メートルほど離れて、パチンコ玉を親指の爪で弾いた。

木の幹が鋭い音を立てた。パチンコの玉が撃ち込まれたのだ。この技法は、『つぶし』と呼ばれる。

なぜそう呼ばれるのかは、佐伯も知らない。多くの場合、この技法は、目つぶしに使われるからかもしれない。あるいは、石つぶてのつぶてから来たのかもしれない。

佐伯の手の中には五個のパチンコ玉があった。それをすべて『つぶし』の練習に使い、佐伯は、稽古を終えた。

「保津間興産に就職できた」

夕食の席で、佐伯は、白石にそう告げた。「まったく、役所の力というのはばかにできないな……」

「所長に伝えておくわ」

白石は、事務所にいるときとは違って、うちとけた口調で言った。

執事が戸口に立っていたが、彼はふたりの会話を聞いていないような素振りをしている。実際、彼は、いないも同然だった。彼は一流の使用人で、いつでも自分の存在感を消し去ることができる。

「岩井六蔵という老人のためにも、保津間興産の正体を暴かなければな……」

「あなたはいつも情で動く……。非情な刑事といわれていたのは、間違った評価だったのね」

「そう。俺は義理と人情の人だ。ヤクザが失ったものを俺が受け継いだんだ」

「所長はそのことをよく知っている……」

「その点をうまく利用されているような気がするよ」

「あら、自覚していたのね」

佐伯は何もこたえず、食事を終えた。

6

毛利谷一家は、全国二十五都道府県、百五団体約八千人を擁《よう》する坂東連合の頂点に立つ暴力団だ。

池袋に七階建ての大きなビルを構えており、三代目組長の常道等《じょうどうひとし》は、そのビルに寝泊まりすることが多かった。

アメリカのエグゼクティブ・ビジネスマンのように、会社の屋上にペントハウスを持っている。

警備上の理由もあるが、実際に彼は忙しいのだ。一日に彼が会う人間は、延べにすると百人ほどになることもある。

国会議員なみの忙しさだ。彼は、滅多にクラブなどに飲みに行くこともない。彼は六十五歳で、まだ枯れる年ではない。

英雄色を好むの諺《ことわざ》どおり、彼も女が好きだった。だが、彼はヤクザ者には珍しく、水商売の女には関心を示さないのだ。また、自制心が強く、それが、毛利谷一家の三代目を継ぐことができた理由のひとつでもあった。

毛利谷ビルは近代的なビルで、なかは完全なオフィスだった。一階には商店のテナントが入っている。

一般の人にはあまり知られていないが、このテナントも実は毛利谷一家の企業舎弟だった。

また、近代的なオフィス・ビルのなかで、最上階の社長室だけが、昔ながらの組の面影を持っていた。

毛利谷一家は、いまや総合商社のような仕事をしていた。その一方で、最上階では、日本の暗部に関わる相談が日夜繰り返されている。

広い社長室の中には、大きな墨跡《ぼくせき》が額に入れて飾ってある。ある保守政党の政治家から初代組長がもらった額だった。

部屋の中は、白木と墨の黒で統一されている。

三代目組長、常道等は、恰幅《かっぷく》がよかった。一流の店に仕立てさせた最高級のダブルのスーツを着ている。そのスーツ一着で、平社員の給料二、三カ月分は飛ぶはずだった。

大きなマホガニーのデスクに向かって右斜め前に革張りの応接セットがあり、そのソファに男がひとりすわっていた。

その男は、常道等と同様に、立派なビジネスマンに見えた。

彼の名は、坂巻良造《さかまきりょうぞう》。四十五歳でスマートな体格をしている。

彼は、会社の役職では、秘書室長。実際の身分は、この若さにして本家代貸《だいがし》だった。

それというのも常道等が彼をことのほか信頼しているからだった。坂巻良造は頭がよかった。

一般に、経済ヤクザは切れ者が多い。でなければ出世できないのだ。坂巻良造は、単に頭が切れるだけではなく、常に自分の欠点を反省する賢さを持ち合わせていた。

暴力団員にしては珍しい性格だ。

堪《こら》え性がないから、人はアウトローになる。暴力団はアウトローの最たるものだ。アウトローは人を恨むが反省はしない。彼らが犯罪に走り、その世界から抜け出せないのは多分にその性格が影響している。

だが、坂巻良造は反省する術を心得ている。だから、彼は、永い間本家についているが、前科がなかった。

常道等は、これからの暴力団経営には、坂巻良造のように前科のない者がぜひとも必要だと考えていた。

坂巻が暴力団の世界に入った理由は、複雑だった。彼は、自分のことを充分に分析できた。

普通の人が、自分の性格をあれこれ考える以上に、彼は自分のことを知ることができたのだ。そして、彼は自分が一般の社会では、生きていけないほど杓子定規《しゃくしじょうぎ》な性格であることに気づいた。

ヤクザの世界は、自堕落な人間が集まって作り上げているが、そのために、礼儀作法にうるさい。強い影響力を持つ人間がそういう枠をはめる必要があるのだ。

坂巻良造はまさに、その礼儀作法の世界に自分の生きる道を見つけたのだ。彼は、感情的に喧嘩をすることなどなかった。だが、組織のための役割と割り切るといくらでも残忍になれた。

それが必要なことだと理解すると、吐き気をもよおすような残忍なことを平気でするのだった。彼の奥底には残虐性が眠っているのかもしれない。

「銀行の支店長殺しの捜査はどうなっている?」

常道が坂巻に尋ねた。

「社長が心配なさるほどのことではありません」

坂巻良造は、丁寧だが、きわめて冷淡な口調で言った。

「そうはいかない。どんなに組織が巨大になっても、トップは眼を光らせていなければならない。トップの眼が届かなくなった部分から、組織は堕落しはじめる」

「まだ、警察は実行犯を特定できずにいます」

「知っていて泳がしているのではないだろうな？　例のフィルム会社のときには、警察の捜査能力を世間に強く印象づけた。現場から走り去った車の目撃者から犯人を特定したのだからな……」

「警察はまだ突き止めていません。実行犯をつかまえたとしても、うちとの関わりを証明することはできないでしょう」

「保津間のやつはよくやっている……。うちの貸元のなかでは、稼《シノギ》ぎの点で恵まれているほうではないのにな……」

「あの男は、役割が好きなのです。社長に頼りにされているということが嬉しいのです。そういう男です」

「人間、そういう部下に冷たくはできないものだ……」

「それに、今後、ますます保津間興産の役割は大きくなっていきます」

「そうだな……」

「先日の支店長殺しの交換条件……。早いところ手を打たせましょう」

「関西からの話か……」

「総会屋がらみです。典量《てんりょう》酒造が代替わりを機に総会屋を追い出したというのです。再三の申し入れにも応じないので、関西の連中は、典量酒造の若社長を消そうという相談をまとめたのです」

「典量酒造なら一流メーカーだ。全国規模で考えても、見せしめの効果は充分だな……」

「その点も考えての決定です」

「いいだろう。この先の話は、私は聞かないことにする」

「もちろんです」

坂巻良造は音も立てずにソファから立ち上がった。

常道は、すぐ次の予定が迫っているのを知っていた。じきに秘書が予定を告げにくるはずだった。

次の予定は、政治家との顔合わせだった。赤坂の料亭に出向かなければならない。政治家というのはバブル崩壊の影響も受けず、いまだに赤坂の料亭をありがたがって使っている。

「住みにくい世の中になった……」

常道はつぶやいた。「極道だけがこんな思いをするのは不公平というものだ。政治家や財界の人間にもぜひ、この気分を味わってもらおう」

バブルの崩壊と暴対法のダブルパンチで、暴力団員は生きていくのが難しくなった。まるで、ヤクザは飢え死にしろといわれているように彼は感じていた。

ならば、他の分野の人間にも死の恐怖を与えるべきだ。常道は本気でそう考えているのだった。

社長室を出た坂巻良造は、自分のデスクに戻り、秘書室次長の紀野一馬《きのかずま》を呼んだ。

紀野一馬はすぐにデスクの脇にやってきた。

紀野一馬は、まだ三十二歳という若さだった。並の会社では、とても秘書室次長は務まらない。

だが、これが毛利谷総業株式会社の特徴であり、坂巻良造の力だった。

毛利谷総業の他の役員は、皆、毛利谷一家を支える貸元たちだ。

本家代貸の坂巻良造は、この役員たちの用事をほとんどひとりできりもりしている。坂巻良造は、自分の補佐には、言いつけどおりに動く人間を選んだ。

余計なことを考える部下は願い下げだったし、言われたことを実行できない愚かな部下もいやだった。

紀野一馬は、三十二歳の若さで毛利谷一家の若衆頭《カシラ》だった。彼はかつて、暴走族の連合の総長を張っていた。統率力も判断力もあった。そして、ここが一番肝腎《かんじん》なのだが、彼は、坂巻良造を心から尊敬していた。

頭のいい人間は頭のいい人間を好きになるものだ。

「例の件だ……」

坂巻良造は、それだけ言った。眼は、机の上の書類を見ている。

紀野は、背をまっすぐに伸ばしたまま、心持ち腰を曲げて、耳を近づけていた。

彼は逞《たくま》しい体つきをしていた。首が太く胸が厚い。

「関西の件ですね」

「そうだ。保津間興産にゴー・サインを出せ」

「わかりました。ついては打合せが必要かと思いますので、私が直接出向きましょう」

「そうしてくれ」

紀野は一礼して、すぐその場を離れた。彼は、すべての仕事を後回しにして外出の準備を始めた。

仕事の優先順位を明確に決めているのだ。彼は、坂巻良造に言われる仕事を常に最優先と考えていた。

坂巻はその点も買っていた。

紀野は、秘書のひとりに何か用事を言いつけると、部屋を出ていった。

坂巻は、何事もなかったかのように書類を読んでいた。


芝純次《しばじゅんじ》は、大阪のビジネス・ホテルに泊まっていた。

東京で銀行の支店長を射殺してからすぐに東京を立った。

フィルム会社の専務殺害事件では、逃走用の車から足がついた。その教訓を生かし、彼は、盗難車を使い、さらに、逃走途中で車を乗り捨て、タクシーを使った。

朝まで新宿の歌舞伎町で時間をつぶし、新幹線で大阪に向かったのだった。それから、組の指示で自宅へは戻らず、ビジネス・ホテルに滞在していた。

フィルム専務殺害事件の実行犯もこれだけ気をつけていれば、つかまらないはずだと芝純次は思った。

彼は、自分が大物になったような気がしていた。

仕事をうまくやり遂げたし、いまだに警察は彼のことを知らないようだった。まったく理不尽なことだが、誰かに自慢したい気分にさえなった。恐怖感はなかった。人を殺したという罪悪感もなかった。

彼は、大阪のヤンキー上がりの暴力団員だった。

二十六歳で、組では弟分も何人かいる。彼は、組のなかでもどちらかというとはみ出し者だった。

厳密な比較はないが、一般に、行儀については、関東のほうがうるさいといわれている。関西のヤクザにいわせると、関西は伝統があるので、誰でも行儀についてはある程度の心得があるのだという。うるさく言わなくても組織はまとまっているというのだ。

関東のヤクザにいわせると、関西の連中は、仁義もへったくれもないという。

一般的には関西の極道のほうが乱暴な印象がある。陽性なのかもしれない。その関西の組のなかでも芝純次は収まりきらない性格をしていた。

功名心が人一倍強く、早く自分の組を持ちたいと考えていた。

保津間興産が作り上げつつある地下のテロ・ネットワークの仕事が持ち込まれたとき、関西の組は彼を選んだ。

彼が優秀だからというわけではない。彼を持て余しつつあった組では、厄介払いできるかもしれないと考えたのだ。

うまく仕事をやりおえたとしても、警察の追及はかわせないかもしれない。芝純次は逮捕される可能性が高かった。

実行犯が逮捕されても、計画をした人間との関わりはわからない――そのためにテロ・ネットワークは作られたのだ。

つまり、実行犯が逮捕されることをあらかじめ読んでいるのだ。

ヒットマンの考え方を、ある意味で踏襲している。ヒットマンは、一人一殺で、その場で逮捕されてもいい。組は、あらかじめヒットマンを破門か除名にしておき、関係を否定する。刑期を終えて出てきたヒットマンにそれなりの地位を約束するのだ。

長い間このやりかたは有効だった。警察は、ある部分見て見ぬふりをしてきた。実行犯を捕まえれば面子《めんつ》が立つからだ。しかし、暴力団に対する世間の風当たりが強くなり、警察もこうした馴れ合いを続けるわけにはいかなくなった。

ヒットマンと組の関わりは厳しく追及されるようになった。

さらに、ヒットマンというのは、組同士の抗争の際に利用されるのだ。暴力団は、抗争だけでなく、一般の企業人を標的にテロを行うようになりはじめた。

一般人を殺した場合、警察の捜査の熱の入れようは、抗争のときとは格段に違う。暗殺者を破門にしていたくらいでは組への追及はかわせない。

地下にテロ・ネットワークが作られるのにはそうした理由があった。

芝純次は、組の指示におとなしく従っていた。組には、テロ・ネットワークを通じて、保津間興産からの計画が事細かに伝えられていたのだ。

つまり、芝純次は保津間興産の計画どおり動いたことになる。

芝純次は、実のところ、ビジネス・ホテルに閉じこもっていることに不満だった。大仕事をやり遂げたのだから、組が経営に関与しているミナミのクラブで飲ませてもらいたかったし、また、風俗営業の店で楽しみたかった。

彼は、ビジネス・ホテルのテレビでビデオを見ていた。冷蔵庫には何も入っておらず、ビールは、エレベーター・ホール脇にある自動販売機で買わなければならなかった。

缶ビールを飲んでいると、彼はひどく虚しい気分になり、同時に腹が立った。

このホテルに来たのは二日前だが、もはや狭いシングル・ルームにうんざりしていた。組の指示でやったことだったので、まとまった金を貰ったわけではない。

旅行費用として、十万円ほど貰ったに過ぎなかった。

組では、ほとぼりが冷めたらそれ相当の扱いをしてやると言っていた。だが、それがいつのことなのか芝純次にはわからない。

そのことが彼を苛立たせていた。

ホテル代を払うと、手元に金はそれほど残らない。芝純次は、苛立ちを抑えきれなくなった。誰とも接触するなと組からは言われている。だが、彼は外から女を呼ぶくらいは構わないだろうと考えた。

彼は、女に電話を掛けることにした。ヤンキーの時代から付き合っている女だった。彼は、受話器に手を伸ばした。


大阪府警浪速《なにわ》署の捜査課四係に所属する畑中洋介《はたなかようすけ》部長刑事は、多くのマル暴刑事がそうであるように、ヤクザと見分けがつかないような風貌をしていた。

派手なシャツの襟《えり》を開いてその上にジャケットを着ている。髪はパンチパーマだった。だが、履《は》いている靴は実用本位の頑丈なもので、時計も安物だった。その点がヤクザとは違っていた。

ヤクザはいざというときに現金化できるものを身につけている。博徒《ばくと》の心掛けだ。

彼らが高価な時計やアクセサリーを身につけるのは、あながち、見栄のためばかりではない。警察官は、そういう心配はない。バックについているのは国や地方公共団体なのだ。

彼は、パートナーの小松卓《こまつすぐる》刑事とふたりで芝純次の足取りを追っていた。

畑中部長刑事は、情報屋から未確認ながら、芝純次が何か大きな仕事をやりそうだという話を聞き出していた。

その情報屋は、芝純次のいる組に近い人間で、情報は内部から洩れたものだった。

畑中はもちろん芝純次の顔を知っていた。難波《なんば》でよく喧嘩沙汰を起こした。困ったやつだが、憎めないタイプだと畑中は思っていた。その芝純次が、難波から姿を消した。

弟分を数人連れて難波の街を流すのが芝純次の日課だった。その姿を見かけなくなったのだ。

その矢先に、東京で銀行の支店長殺しが起きた。

まさか、と思いながらも、畑中部長刑事は事件と芝純次の関係を疑わずにはいられなかった。彼は、芝を見つけて、事情を聞きたいと思っていた。

このところ、姿が見えないのは、単に風邪でもひいて寝込んでいるせいなのかもしれない。

彼らは、芝の姿を求めて、彼が付き合っている女のマンションの前に来ていた。張り込んでいれば、彼を発見できるかもしれないと考えたのだ。

もし、事件と芝が関係あるとすれば、迂闊《うかつ》な動きはできない。今は様子を見ることが第一なのだ。

「畑中主任《ハタチョウ》……、考えすぎかもしれませんよ」

小松が言った。「芝のやつだって、いつまでも地回りやってるわけやないでしょう。組で別な役割をもらったのかもしれない……」

「わかっとる」

畑中はブルドッグが唸《うな》るような調子で言った。「俺だってやつが支店長殺しやと思とるわけやない。けどな……、胸騒ぎがするんや……」

「女《イロ》、当たってみますか？」

畑中は考えた。

「いや、何か動きがないか、見張るんや。へたに動いて取り返しのつかんことになったらえらいこっちゃ」

女は、繁華街からそう遠くはない場所に立つマンションに住んでいる。一階に商店や飲食店が入ったマンションで、水商売関係者が多く住んでいることで有名だった。芝の彼女も水商売をやっている。

「ハタチョウ！」

小松が緊張した声を上げた。「女が出掛けます」

畑中はマンションの玄関のほうを見た。確かにその女だった。

「出勤にはまだ早いな……。えらくあわてているようや」

女は小走りに大通りに出た。

そこでタクシーを拾おうとしているようだ。

「いかん。逃がすな。追うぞ」

畑中は駆けだした。小松は、後方を見て追跡用のタクシーを探した。

7

女がビジネス・ホテルに着いた。

畑中部長刑事と小松は、タクシーを拾い、なんとか女を見失わずにすんだ。

「こんなホテルに用があるとしたら、目的は限られているな……」

畑中はタクシーを降りると、そう言った。

「芝ですかね」

小松が言った。

「でなければ、他の男か……」

「どうします？」

「待つしかないな……」

「待つって、何を？」

「何かをや。令状もなしじゃたいしたことはでけへん。何か起こるのを待つんや」

「何も起こらなかったら？」

「女が出てきたところを職質かけてもええ。何もつかめんかったら出直す。それだけのこっちゃ」

畑中と小松はビジネス・ホテルの出入口近くに張りついた。


ノックの音に、芝純次は何の警戒もなくドアを開けた。

そこに女が立っていることを信じていた。「純ちゃん……」

女が不安げに言った。

「ぼうっとしとらんと、入らんかい」

女が部屋に入ると、芝純次はドアを閉め、女に抱きついた。

「待って、純ちゃん。ヤバイのと違う？」

「何がや？」

「誰にも会っちゃいけないと、組の人にいわれてんのやろ？」

「外に出るわけやない。自分の彼女に会って何が悪い」

芝純次は、女の唇を求めた。貪《むさぼ》るように吸った。

唇を放すと、女は尋ねた。

「なんでこんなところにいなあかんの？」

「大きな仕事を片づけたんや」

　女は不安になった。

「大きな仕事て？」

「知らんでええ」

「なあ、純ちゃん。話して。何でも話してくれるて約束やんか」

　実のところ、芝純次は誰かに話したくてたまらなかった。彼は、迷ったが、自慢話をしたいという誘惑に勝てなかった。

　もともと彼は思慮深いほうではなく、自己顕示欲が強かった。

「東京で銀行の支店長が殺された事件、知ってるか？」

　女の不安はますます強まった。それは、ほとんど絶望に近かった。

　芝純次は続けた。「あれな、俺がやったんや」

　女は一瞬、放心したようになった。次の瞬間、女は、激情した。

　両方の拳を握り、芝純次の胸を叩いた。

「純ちゃんの、あほ！　なんでそんなことしたん？　あほ！」

　彼女は、芝純次の胸を叩きながら、泣きだしていた。

「何言うてんねん。組の命令やないか！　おまえも極道の女やったら、腹くくらんかい！」

こうした台詞《せりふ》を一度言ってみたかった。

芝純次は、自分の態度に酔い始めていた。彼は、泣きわめく女の肩を両手でつかんで、言い聞かせるように言った。

「ええか。ほとぼりが冷めたら、組は俺にそれ相当の褒美《ほうび》をくれる、言うとる。ひょっとしたら、幹部になれるかもしれん」

「幹部になんかならんかてええ……」

「あほぬかせ。この世界、上を目指さんでどうする」

「警察につかまったら、どないすんねん？」

「つかまるはずない。心配すな」

芝純次のやったことは、女の我慢の限界を超えていた。女は芝純次の両手を振りほどくようにして身を放した。

「冗談やないわ。もう、つきあってられへん」

「何やと！」

芝純次は、腹を立てた。

苛立ちが一気に噴出したような感じだった。その怒りが、女に伝染した。

「もう、知らん！」

女は言うが早いか、身を翻してドアに突進した。あっという間に部屋を出ていった。

「待て、こら！」

芝純次は我を忘れて女を追った。

女は階段を駆け降りる。芝純次は、ついに女を追って、一階のロビーまで来た。

ロビーには小さなフロントと、応接セットが一組あるだけだ。その狭いロビーを女が駆け抜けた。

女は玄関を飛び出した。

芝純次も女を追ってホテルの外に出た。組の言いつけなど、そのときは頭になかった。

女は、急に立ち止まった。

彼女は、ふたりの刑事のほうを見ていた。女と畑中の眼が合った。

彼女は、畑中の顔を知っていた。芝純次がいつか、刑事だと教えてくれたのだ。

女は、反射的に叫んだ。

「純ちゃん！　刑事や！　逃げて！」

女を追ってきた芝純次は、その声ではっと我に返った。

彼は畑中に気がついた。芝純次は立ち止まり、くるりと背を向けるとその場から逃げだした。

「待て！」

小松刑事が追った。

畑中部長刑事は、芝純次が曲がり角に消えるのを見て、先回りしようと別の方向に走り出した。

その場に取り残された女は、どうしていいかわからず、立ち尽くしていた。

十五分間にわたる逃走追跡劇の末、芝純次はつかまった。

警察署に連行され、彼は自分が取り返しのつかない間違いを犯したことに気づきはじめた。警察は、何もつかんではいなかったのだ。

彼は口を閉ざした。

畑中は、芝純次の女を署に連れてきて話を聞いた。女も何も言おうとはしない。

だが、畑中の辛抱強い説得と巧みな尋問の結果、ついに、女は、しゃべった。

芝純次が、銀行の支店長を殺したと女に告げたことを、畑中は知ったのだ。畑中は、逮捕状を請求し、あらためて芝純次を逮捕した。

支店長殺害の特別捜査本部の席上で、大阪府警、畑中の大金星が発表された。

またしても、東京での企業テロを関西の暴力団員が実行したことに刑事たちはショックを受けた。ある者は、苦い表情で何事かつぶやき、ある者は怒りを露わにした。

緑川は、保津間興産のことをしゃべる潮時だと判断した。

「テロ・ネットワークのキーステーションが東京都内に存在する疑いがあります」

緑川は発言した。「未確認情報なのですが、毛利谷一家の企業舎弟で保津間興産という解体業者があり、そこがその任を担っているらしいのです」

「毛利谷一家か……。たしか、殺された支店長と融資の件でもめていたな……」

ある刑事が言った。

別の刑事が発言した。

「じゃあ、毛利谷一家が、そのテロ・ネットワークを利用して支店長を殺したというのか？」

緑川はあくまでも慎重にこたえた。

「推測の域を出ませんが、そう考えられなくもないと思います」

ベテランの部長刑事のひとりが言った。

「実行犯と被害者の関係を調べるのは、これからだろうが、まあ、何もわからんだろうな……」

緑川がうなずいた。

「実行犯と被害者の間に直接の関係はない……。動機をどうのこうのいっても始まらないのです。そこが、テロ・ネットワークの狙いです。実行犯をつかまえても、真の動機を持つ依頼主のところまでは手が届かない」

司会進行をしていた警部補が言った。

「保津間興産がテロ・ネットワークのキーステーションだという話は、どの程度確実なんだ？」

「確認を取ろうとしているところですが、まだ何ともいえませんね……」

「手は打っているのか？」

緑川はそのとき、佐伯のことを思い出した。彼は言った。

「有力な情報提供者がおります」

「よし」

警部補は言った。「大阪へ行って、実行犯の取り調べに立ち会う係を決める。そして、保津間興産の件の捜査に人員を割くことにしよう。テロ・ネットワークの実情を解明することは急務だ」

その後、具体的な話し合いが行われて、捜査会議は終了した。

本庁、所轄合わせて四十数名の捜査員は、いっせいに席を立った。

ようやくデスクが届いて、佐伯は席についたが、やることがなかった。彼は、働くべきときに何もやることがないというのは拷問に等しいことを初めて知った。

警視庁時代も、彼はかなり思いどおりに行動していたのだ。

彼は、社内の会話や社員の態度に注意を向けることにした。

客がひとりやってきた。

その男は、整った身なりをしている。紺色のスーツにブルー・グレーのネクタイ。髪はすっきりと刈っている。

だが、佐伯はその男を見て、ひとりかすかに笑いを浮かべていた。佐伯はその男を知っていた。

毛利谷一家の若衆頭、紀野一馬だった。

佐伯は注意深く、顔を隠すように下を向いた。紀野一馬も佐伯の顔を知っているはずだった。

都内の暴力団幹部の間では、佐伯はちょっとした有名人だった。特に、坂東連合系の幹部には顔が売れていた。

保津間興産は、毛利谷一家の企業舎弟だから、毛利谷一家の人間が訪ねてきても不思議はない。だが、佐伯は、キナくさい臭いを感じ取っていた。

紀野一馬は、総務部のデスクのほうには眼もくれず、まっすぐに奥に進んだ。役員室があるほうだった。

何かの指示を持ってやってきたに違いないと佐伯は思った。

一般の社員は、紀野一馬を気にした様子はなかった。おそらく正体を知らないのだろうと佐伯は思った。

企業舎弟は、たいていはまっとうな会社で、そこで働く社員は、暴力団とは何の関係もない場合が多い。社員たちは、経営に暴力団がからんでいることを、知らないわけではないが、自分たちの日常業務とは無関係だと割り切っている。

また、暴力団でも、企業舎弟は組とは切り離して考えている。そうでなければ、企業舎弟の意味がないのだ。

佐伯は、席を立った。彼は、総務課長に言った。

「ちょっと、煙草を買ってきていいですか？」

課長は、わずかに顔をしかめたが、何も言わずにうなずいた。

となりの席の社員が小声で言った。

「そういうときは、黙って出ていくもんだ」

会社を出ると、佐伯は、公衆電話を探した。電話ボックスは見当たらない。商店の軒下にアクリルのフードを被った緑の公衆電話があった。

佐伯は、警視庁に電話を掛けた。

奥野を呼び出した。奥野はちょうど捜査会議から戻ったところだった。

「今、保津間興産に毛利谷一家の紀野一馬がやってきた」

「紀野一馬……？　若衆頭の？」

「そうだ」

「……それを知っているということは、チョウさん、うまく潜入できたということですか？」

「当然だ」

「気をつけてください。下っぱの連中はいざ知らず、幹部はチョウさんの顔を知っているかもしれない」

「わかっている。銀行の支店長殺しの実行犯はどうなった?」

「発表前なんです。しゃべれませんよ」

「たまげたな。俺は危ない橋を渡って情報を提供しているというのに、おまえは役人のようなことを言っている……」

「警察では秘密というのが大切だってことは、チョウさんだって知ってるでしょう」

「俺だって警察官だと言ってるだろう。おまえがそういう態度をとるのなら、俺が警視庁に戻ったときに、俺もそれなりの対応をさせてもらうぞ」

「わかりましたよ。実行犯は、さっき逮捕されました。大阪府警が逮捕したのです。容疑者は、芝純次、二十六歳。関西銀侠会系暴力団の組員です」

「銀侠会……? やはり関西のチンピラの犯行か……? 殺人を依頼したのは毛利谷本家だな。保津間興産のテロ・ネットワークを利用したに違いない」

「チョウさん。テロ・ネットワークのこと、何かつかめたんですか?」

「いや、保津間興産は完全に毛利谷一家から切り離されている。まっとうな仕事をしているんだ。表からはまったくわからない。多分、少なくない金が動いているはずだから、帳簿かなにかを綿密に調べれば何かわかるだろう。二重帳簿の可能性もある」

「帳簿を調べようなんて思わないでください。それは令状《オフダ》を取ればいつでもやれるのです」

「わかっている。俺だってそれほど考えが足りないわけじゃない。第一、俺は、不法投棄のことを調べるために潜入したんだ」

「そうでしたっけね……。忘れるところでした。僕たちのために潜入したわけじゃないんだ……」

「毛利谷一家の若衆頭がやってきたということは、何か動きがあるかもしれない。警察の腕の見せ所だぞ」

「わかってます。任せてください。チョウさんの情報は無駄にはしませんよ」

佐伯は電話を切って、会社に戻った。

席に着いたところで、やはり何もすることはない。開き直った気分で、居眠りでもしてやろうかと考えていると、役員室のほうから、一団の人々が現れた。

そのなかに紀野一馬がいた。佐伯は、顔を反対側の窓のほうに向けた。

役員が紀野一馬を見送り、紀野一馬は、来たときと同様に、まっすぐ前を見て去って行った。

退社時刻間際になって、佐伯は総務課長に呼ばれた。

「配属が決まった」

総務課長は言った。「現場で欠員が生じた。現場に回ってもらう」

「欠員……？」

「そう。ひとり、関西のほうに出張になってな。込み入った仕事なので、どのくらいかかるかわからない。その代わりに、君に入ってもらいたい」

「わかりました」

佐伯には、何が起こりつつあるのかすぐにわかった。

本家から紀野一馬がやってきた。その直後に、現場からひとり外された。その男は、関西に出張に出るという。

テロ・ネットワークが活動を始めたのだ。現場にはテロ要員を適当にもぐり込ませてあるに違いない。

「今から、一階に行ってくれ。話はついている。廃棄物処理課だ」

「わかりました」

佐伯はすぐさま階段を下り、一階に行った。廃棄物処理課という札が掛かっている机の島に近づき、課長に言った。

「こちらに配属になったのですが……」

課長は、日焼けしており、総務の連中とはまったく雰囲気が違った。

彼は、大きな眼で佐伯の顔を睨んだ。それから、値踏みするように、頭の先から足の爪先までを眺め回す。

「佐伯涼といったな……」

この課長は、極道だと思った。今はそうでなくても、過去に極道だったことがあるはずだ。佐伯には、その類の連中がすぐにわかる。

ひょっとして、自分のことを知っているのではないだろうか。佐伯はそう思って警戒した。

課長が言った。

「おまえさん、タフなんだろうな?」

「まあ、多少は……?」

「環境保護論者か?」

「いいえ」

「そいつはいい。この業界、きれいごとじゃ済まねえんだ。法律すれすれのこともやらなくちゃならねえ。それにいちいちめくじらを立てるようなやつは願い下げなんだ」

「わかりますよ」

「明日の朝、さっそく、栃木まで行ってもらう」

「栃木……？」

「段取りは相棒に聞くんだ。産業廃棄物《サンパイ》の処理だ。今日はもう帰っていい」

佐伯は、課長のもとを去り、帰り支度を始めた。

（栃木か……）

彼は思った。（また、岩井老人に会うことになるかもしれないな……）

8

帰宅すると、佐伯は、すぐに奥野に電話した。すでに退庁していた。外に出たまま直帰なのだろうと佐伯は思った。

彼は、奥野が持っている携帯電話の番号に電話した。電話はつながった。

「奥野か？　今、取り込んでるか？」

「チョウさん……。いえ、だいじょうぶです」

「また動きがあった。紀野一馬が帰った直後、俺は現場に配属された。廃棄物処理課という部署だ。欠員が生じたというんだ。ひとり、関西に送り込まれるらしい」

「その男の名は？」

「まだわからない。明日あたり調べてみようと思っている。関西に送り込まれたということで、心当たりはあるのか？」

「大阪府警では、銀俠会が典量酒造と、総会屋締め出しの件でもめているのを気にしています」

「それは、おおいに可能性があるな……。典量酒造は全国的に名の売れた一流企業だ。ヤクザどもは、そういう見せしめを欲しがる」

「有力な情報が入ったということで、大阪府警に連絡を取ります。典量酒造関係の重役の身辺を警備するようにしましょう」

「そうだな……。俺は、送り込まれた男の人相や名前を探ってみる。また、連絡する」

佐伯は、電話を切った。

彼は、そのまま、わずかの間考えていたが、やがて受話器を持ち上げた。

午後七時だった。白石景子はまだ帰っていなかった。佐伯は、内村所長がまだ事務所にいることを信じて電話をかけた。

内村は、どんなときでも『環境犯罪研究所』にいた。所長は、佐伯より遅く研究所に出勤したこともなければ、佐伯より早く帰宅したこともない。

佐伯が外から電話をかけて、いなかったためしがない。

ダイアルすると、すぐに電話がつながった。やはり、所長はいた。

「白石景子くんから話を聞きました。潜入できたようですね」

「願ったりかなったりで、俺は、廃棄物処理課という現場に配属になりましたよ。

明日、栃木に行くことになっています。例の土地だと思いますよ」

「不法投棄の現場を目の当たりにして、あなたがどうするかは、全面的にあなたにお任せしますよ」

「もし、岩井老人の目の前で産業廃棄物を捨てるようなら、俺は前後を忘れるかもしれませんよ」

「そうなったら、しかたのないことです。ところで、テロ・ネットワークのほうはどんな具合です？」

「所長は不法投棄にしか興味がないのかと思った……」

「私は好奇心が強いほうでしてね……。いろいろなことに興味があるのです」

「……というより、俺には、最初からテロ・ネットワークのことを知っていて俺を送り込んだように思えてしかたがないのですが、気のせいですかね？」

「気のせいでしょう」

「俺が廃棄物処理課に配属になったのは、ひとり欠員が生じたからで、その男は、関西に送り込まれるようなのです」

「ほう……」

「銀行の支店長を殺したのは、関西の銀俠会系の暴力団員でした。支店長は、融資の件で毛利谷一家と面倒なことになっていた。そして、大阪府警の話だと、典量酒造は、総会屋締め出しの絡みで銀俠会ともめているらしいのです」

「構図は出来上がっているようですね……。テロ・ネットワークを介した交換テロというわけですか……」

「警察の面子にかけても、そんなことを許すわけにはいきませんね。大阪府警でも、厳重な警備態勢を敷くはずです」

「潮時を見て切り上げてください」

所長が、いつになく切迫した口調で言った。佐伯はその口調が気になった。

「もちろん、そのつもりでいますが……」

「典量酒造の役員に手を出させないために、警察は厳重な警備態勢を取る。襲撃者はその異変に気づくかもしれません。にわかに警備が厳重になった理由として、テロ・ネットワークの情報が洩れたことに気づく者が出るかもしれない……。暴力団というのは抜け目のない連中ですからね。そうなると、あなたに疑いの眼が向くかもしれません」

「そうかもしれません。しかし、そこまで頭が回るもんですかね。考えすぎかもしれません」

「こういうことは、慎重になりすぎるということはないのです」

「だったら、俺が潜入するとき、偽名でも用意してほしかったですね」

「偽名というのは、意外に使いにくいものです。万が一、会社が戸籍や住民票を調べたら、偽名だということがすぐにばれてしまう。偽の戸籍や住民票を用意する時間がありませんでした」

「時間さえあれば、そういうことができるという口ぶりですね」

「方法はいくらでもあります。コンピュータで侵入して書き加えることもできますし、しかるべき役所に手を回すこともできます。だが、今回は……」

「わかりました。ばれる前に手を引けということですね。こちらに異存はありませんよ。俺だって命は惜しい」

「救済措置を考えておかなければなりません。だが、外から手を出せることは限られています」

「危機はなるべく独力で回避します。所長はその点まで含めて俺を信頼してくれているのだと思っていますからね……」

「頼りないバックアップだとお思いでしょうね」

「俺は、警視庁のころからひとりでやってきました。ヤバイと思ったら、どうにかして連絡を取りますよ」

「ぜひ、そうしてください」

　佐伯は電話を切った。


　翌朝、佐伯は作業服を支給された。トラックに乗り込む。運転手を含め、ふたりの作業員がいた。

　どちらも一癖ありそうな男たちだった。ふたりとも、まだ二十代の後半だ。運転手と作業員は、互いにシュウジ、シロウと呼び合っている。

　運転手がシュウジで作業員がシロウだ。

　トラックの荷台は空だった。これから都内で荷物を積み込み、そのまま栃木に廃棄しに行くのだ。もちろん、不法投棄だった。

「さっさと済ませて帰ってきてえな……」

　作業員のシロウが言った。彼は、凶悪な眼つきをしている。猜疑心に凝り固まった眼だった。

　運転手のシュウジは陽気なタイプだが、簡単に激情するタイプだということがわかった。シュウジの頬《ほお》には、刃物による傷がある。

体格は、シロウが細身で、シュウジが筋肉質だった。

江東区まで行き、プラスティックの加工工場でドラム缶に入った廃棄物を積み込んだ。塗料が溶け込んだ溶剤だということだった。ドラム缶は四本あった。

佐伯を含めた三人は、それをトラックに積み込み、栃木に向けて出発した。

「俺は誰かの代わりに配属されたらしいな……？」

狭苦しい運転席で、佐伯が言った。

すぐとなりにいたシロウが胡散臭《うさんくさ》げに佐伯を見た。

彼らは、組織に対する帰属意識が強い。それと同時に、仲間意識も強いのだ。よそ者を簡単に受け入れない。

佐伯は、まだよそ者なのだ。

陽気なシュウジが凄《すご》むような笑いを浮かべて言った。

「俺たち、三人でチームを組んでいた。マモルはたいしたやつだったよ。度胸がすわっていた」

佐伯はこういう連中の扱いを心得ていた。おだてればいいのだ。

「あんたがたいしたやつだというなら、相当なものだったんだろうな……。俺は足を引っ張らないようにせいぜい気をつけるよ」

「俺たちふたりとマモルがそろえば、何でもできた」

細身のシロウが言った。「あいつだけ行かせるなんてな……」

「あいつだけ行かせる……？」

佐伯は、慎重になったが、それが気取られないように気をつけた。彼は、ごくさりげないふうに言った。

「そうさ。あいつは大きな仕事をやりに行ったんだ」

それがどんな意味か佐伯にはわかった。だが、わざと焦点のぼけた相槌《あいづち》を打った。

「そうか。会社にも認められているんだな」

シロウとシュウジは顔を見合わせて笑った。

佐伯は訳のわからないふりをした。

「何だ？　俺は変なことを言ったか？」

「いいや」

シュウジは言った。

「マモルの代わりにど素人がやってきたと思うとおかしくてな……」

「誰だって、最初は素人だろう。作業のことならなるべく早く覚えるようにするよ」

「素人ってのはな、そういう意味じゃないんだ」

シュウジは意味ありげに笑いながら言った。「あんた、何も知らないようだな……」

「知らない」

佐伯は言った。「仕事をして金をもらえれば、余計なことは知る必要はない」

「いい心がけだ……」

「マモルって、名字は何というんだ？」

「そんなこと聞いてどうする？」

「前任者の名前くらい知っておきたいだろう？　誰かに挨拶するときに、マモルの代わりに来た佐伯です、なんて言うのは間が抜けている」

「越前《えちぜん》だ。越前守というんだ」

「おい」

シロウはシュウジに言った。「そのくらいにしておけ」

「どうしてだ？　いいじゃないか。こいつは、今日から俺たちの仲間なんだ」

「仲間になれるかどうかは、まだわからない……」

シロウは、簡単に人を信用しない男のようだった。

（賢いな）

佐伯は心のなかで言った。（仲間でいられるのは、あと何時間かの間だけかもしれない）

だが、彼は、口では別のことを言っていた。

「マモルってやつには及ばないかもしれんが、俺も少しは役に立つかもしれない」

シロウは、鼻で笑った。

「気にするなよ」

シュウジは言った。「こいつはこういうやつなんだ」

だが、佐伯は、シュウジのほうこそ油断ならないことを見抜いていた。

シュウジは人当たりは悪くないが、一度自分を裏切った相手を絶対に許さないタイプだった。シュウジのような男に言い訳は通用しない。ヤクザのひとつの典型だった。

午後三時過ぎに、ダンプカーは、見覚えのある場所に着いた。

「今日もいやがるな……」

シュウジが言った。「おい、例のもの、用意してあるか？」

シュウジに言われてシロウがバッグから八ミリのハンディー・ビデオカメラを取り出した。

佐伯は、フロント・ガラスから正面を見た。住民と『不法投棄監視連絡会』の連中が駆け寄ってくるのが見えた。

彼らは、車の音を聞いて、集まってきたのだ。車の正面にたちはだかって、不法投棄を阻止しようというのだ。

佐伯は、シロウが取り出した八ミリ・ビデオのカメラが気になった。

シュウジが言った。

「それは、何のために使うんだ？」

「いいか。ただ、溶剤を捨てるだけが俺たちの役割じゃない。そんなことなら、素人にだってできる。俺たちはやつらを、二度と関わりたくないという気にさせなければならない」

「そうさ」

シロウの眼が残忍に光った。「俺たちは、会社が仕事をしやすいように地ならしをするんだ」

「つまり……」

佐伯は尋ねた。「やつらを蹴散らすということか?」

「追っ払っても、追っ払ってもやつらはやってくる。俺たちもやりかたを考えなければならない。しつこいやつらでな……。家に火をつけてやっても懲りやしねえ……」

シュウジが残忍な笑いを浮かべた。

「火を……?」

佐伯はシュウジの顔を見て尋ねた。

「そうさ。それが俺たちの仕事だ」

「あんたたちが火をつけたのか?」

「俺がやった」

シュウジが言った。「いいか。シロウがあんたを信頼できないと言ったのは、こういう仕事が平気でできるやつかどうかわからないという意味なんだ。俺たちを失望させるなよ。マモルは、たいしたやつだったんだ」

シュウジはいったん車を停めていた。ダンプカーのアイドリングが不気味に響く。住民や『不法投棄監視連絡会』の連中は、無言でダンプカーを見つめている。彼らの眼には憎しみの色がある。

佐伯は、マモルがたいしたやつだという意味が完全に理解できた。マモルという男は、暴力の専門家だったということだ。

おそらく、残忍で狡猾《こうかつ》だったのだろう。

佐伯はもう一度尋ねた。

「それで、そのビデオは何に使うんだ？」

シロウが偏執狂的な笑いを浮かべた。

「しつこいやつらには、見せしめが必要なんだ。生贄《いけにえ》だ」

「生贄……？」

「市民団体のなかに、若い女がいる」

シュウジが言った。「気の強そうな女で、飾り気はねえが、まあまあの女だ」

佐伯はその女のことを思い出した。髪の長い女だ。

シュウジは、説明を続けた。

「もともとは、マモルが考えついたことだったが、実行するまえにやつは別の仕事を与えられた。女を生贄にするんだ。反対運動をしている連中を動けなくして、やつらの目の前で、女を裸にひんむく。そして、俺たちが順番に犯すんだ。それをビデオにしっかりと収める。ただ犯すだけじゃない。死ぬより恥ずかしい思いをさせてやる。犯したあと、女を素っ裸のまま、汚泥のなかにたたき込んでやる。有機化合物だのダイオキシンだの、重金属だのがたっぷり含まれている汚泥だ。女はきっとパニックを起こす。はい上がろうとするところをまたたたき込む。楽しいビデオが出来上がるぜ。こういうビデオをこちらがおさえていると、やつらは手を出せなくなる」

シロウが付け加えた。

「女がそういう目にあうのは、自分たちのせいだと思わせるんだ」

佐伯は、怒りがわき上がるのを必死で抑えていた。彼は、何とか笑いを浮かべて言った。

「そいつは、面白そうだ……」

「あんたは、ビデオを回すんだ。最後に姦《や》らせてやるからよ」

「わかった」

佐伯は、言った。

シュウジは、再び、ギアを入れて、ダンプカーを発進させた。猛然と反対運動の連中のなかに突っ込んでいく。

誰がけがをしようとおかまいなしといった調子だった。

住民や監視連絡会の連中は、散り散りになって轢《ひ》かれるのをさけた。

シュウジは、反対派の連中を突破すると、車を停めた。

「仕事はきっちりとやらなくてはな……」

シュウジは言った。「ドラム缶を始末するのは、やつらが絶望を味わったあとのほうが効果的だ。俺たちのやることを黙って見ているしかないということがよくわかるだろう」

彼はドアを開けて地に降り立った。

佐伯もそれに倣《なら》った。三人は、車が走って来た方向にもどった。

そこには反対派がまた結集しつつあった。住民が四人、『不法投棄監視連絡会』は例の三人だった。日焼けした三十過ぎの男と若者、それに髪の長い女だった。

住民のなかには、岩井六蔵がいた。

シュウジとシロウは、ふたりならんでゆっくりと進んでいく。佐伯は、その後ろから付いていった。

佐伯は、作業服とそろいのキャップを目深にかぶって顔を隠していた。

住民のひとりがスコップを持って立ちはだかった。

五十を過ぎた男だった。これまで、人と戦ったことなどないのは、一目でわかった。

怒りと恐怖に顔を引きつらせている。

その男は怒鳴った。

「帰れ！　二度と来るな！」

シュウジは、苦笑してシロウを見た。シロウも同じような笑いを浮かべた。

シュウジが言った。

「こいつは、スコップでどうするつもりだろうな？」

シロウがこたえた。

「ドラム缶を捨てる穴でも掘ってくれるのかな？」

男はさらに怒鳴った。

「ここに住む者がどんな思いをしているかわかっているのか？」

「捨てる場所が必要なんだよ」

シュウジが、嘲《あざけ》るような口調で言った。「何かを作るということは、捨てるものが出るということなんだ。国の政策なんだ。仕方がないだろう」

「やかましい」

男は、怒りに我を忘れてスコップを振り上げ、殴りかかった。

シュウジもシロウも落ち着いていた。身をかわすと、スコップは勢いあまって地面を叩いた。

その瞬間に、シュウジは、蹴りを発した。男は、腹をしたたかに蹴られ、ひっくりかえった。

シロウがその男に近づき、さらに腹を蹴りつづけた。いたぶって楽しんでいるようだった。

「そのへんにしておけよ」

佐伯が言った。

シュウジとシロウはさっと振り返った。

9

「何だか、腹が立ってきたぞ」

佐伯は言った。

シュウジとシロウは、佐伯を睨み付けた。すでにチンピラではなく、ヤクザ者の凄みかただった。

この連中なら、平気で人の家に火をつけ、女を強姦するだろう。人を殺すことも平気かもしれない。

暴走族とかツッパリとかいわれてきた連中は、多くは更生できずに、こういうヤクザ者になる。それを佐伯は知っていた。

残念なことだが、今の日本には、彼らを更生させるだけの教育制度がない。また、彼らのなかの多くは、性格的に逸脱者なのだ。

彼らに情けをかけていると、健全な人間の生活が脅かされるのだということを、佐伯はいやというほど思い知らされていた。

「てめえ、どういうつもりだ？」

シュウジが言った。

「おれはマモルの代わりはできない。そういうことだな……」

そのとき、岩井六蔵が声を上げた。

「あんたは……」

その言葉で、『不法投棄監視連絡会』の連中も気づいた。

「あんた、こないだの……」

日焼けした男が言った。

「こいつらは、おまえのことを知っている……」

シロウが言った。「おまえ、何者だ？」

「保津間興産の新入社員だよ」

「ふざけやがって……」

シロウが落ちていたスコップを拾い上げた。「生贄がふたりに増えただけだ。まず、おまえを殺す。そのあとで、女を片づける」

「恐ろしいな……。聞くところによると、あんたら、保津間興産の実行部隊らしいからな……」

「ふざけやがって！」

シロウはわめくと、スコップを肩口にふりかぶった。

そのまま、佐伯に向かって突進する。

闇雲にかかっていったわけではない。進みながら、佐伯の動きを観察していた。

シロウは確かに喧嘩慣れしていた。

佐伯が、左にステップするように見えた。すかさず、シロウは、それを予測して佐伯の左がわにスコップを振り下ろした。

だが、佐伯が左にステップしようとしたのはフェイントだった。

佐伯は逆に跳んでいた。

シロウは、空振りしたと悟ると、すぐさま、スコップを真横に一閃《いっせん》させた。

佐々木小次郎の燕《つばめ》返しのようだった。

シロウが剣術をやっているとは思えない。こういう連中は武道の厳しさにはついてこれない。

街中の喧嘩でそういう技を身につけたに違いない。

おそらくは、ナイフで戦うときに学んだのだろう。

佐伯は、バックステップするしかなかった。でなければ、スコップで、ざっくりとどこかを切り裂かれていただろう。

骨を折られていたかもしれないし、頭をやられたら即死だった。

シロウは、再びスコップを肩にかついだ。そのまま、じりじりと間合いを詰めてくる。

佐伯は、シュウジの動きが気になっていた。シュウジが黙ってふたりの戦いを見ているとは思えなかった。

一番気掛かりなのは、シュウジが人質をとったりしないかということだった。

シュウジは動かなかった。

シロウを信頼しているのだろう。あるいは、佐伯をなめているのかもしれない。

おそらく、その両方だと佐伯は思った。それは、佐伯にとって好都合だった。

佐伯は、シロウの動きに集中した。

シロウはチャンスを狙って、じりじりと詰めてくる。

佐伯は、さがりたくなった。武器を持った敵に詰め寄られるとどうしてもさがりたくなる。

だが、それが危険であることを佐伯は知っていた。

ぎりぎりまで引きつける。

相手が攻撃してくる一瞬が大切なのだ。その瞬間にすべてをかける。さがらずに、その瞬間に飛び込むのだ。そのあと、自分が何をするかは、自分の体が知っている。そう信じるしかない。考えて動くのでは遅すぎる。

シロウは自信を持って詰め寄ってくる。

剣の達人の切っ先よりずっと攻撃は鈍いはずだ。

佐伯は、自分にそう言い聞かせていた。

相手が武器を持っているというのは、それくらい不安なものだ。

「うらあ！」

シロウが叫んだ。

彼は、担いでいたスコップを一度振りかぶってから振り下ろした。勢いをつけるためだった。

その一瞬の間で充分だった。

佐伯は飛び込んだ。スコップを振り下ろすシロウの懐に入った。

スコップには目もくれず、顔面に『張り』を見舞う。

相手が持っている武器にとらわれるあまり、武器の取り合いをしてしまいがちだが、それは膠着《こうちゃく》状態を招くだけだ。

相手が素手であろうが武器を持っていようが、懐に入ったら、すぐさま、一番近くにある急所を攻めるべきなのだ。

武器が気になるのだったら、相手をひるませておいて取り上げればいい。

右の『張り』が命中する。掌底の部分がうまく顎《あご》に決まった。

相手の顔を揺さぶるような感じになる。

一瞬、シロウの動きが止まる。

道場での練習では、これで決まりだ。相手が一瞬無力化したことで、技が決まったということになる。

しかし、実戦ではそうはいかない。軽い脳震盪《のうしんとう》を起こしても、相手はすぐにダメージを払いのけて再び攻撃をしかけてくる。

道場での稽古に慣れすぎていると、そういう反撃に対処できない。佐伯は、『佐伯流活法』を道場で学んだことはない。常に実戦で鍛えてきたのだ。

シロウが動きを止めた一瞬を決して見逃さなかった。

畳みかけるように攻撃した。

左右の張りを続けざまに叩き込む。そのたびに、シロウの頭部は激しく左右に揺さぶられた。

佐伯はさらに、シロウに密着するほど近づいて、足を掛けた。『刈り』の一種だった。足を掛けておいて、胸を掌で突いた。

シロウは後方にひっくり返った。まったく抵抗できなかった。連続する『張り』のせいで、脳震盪を起こしていたのだ。

喧嘩の際は誰でも、痛みには耐えられる。アドレナリンの血中濃度が高まるせいだ。

殴っても殴っても相手が向かってくるのはそのせいだ。だが、脳震盪に耐えられる者はいない。

どんなに頑張ろうとしても、酒に酔ったように意識が混濁し、体が言うことをきかなくなる。

佐伯は、ひっくり返ったシロウの顔面を蹴り降ろした。鼻梁骨《びりょう》が折れるのがわかった。鼻血が噴き出す。

さらに、佐伯は、シロウの体を飛び越え、後頭部をサッカーボールのように蹴った。

これで完全にシロウは眠った。

ヤクザが相手でなければ、絶対にやらない危険な行為だった。

シュウジを見た。

シュウジの眼はぎらぎらと光っていた。

もちろん、怒りのせいだが、佐伯は、その光のなかに残忍な喜びの色があるのを見て取った。

シュウジは、倒錯した喜びを感じているのだ。

憎い相手をその手でめちゃくちゃにする喜びだ。自分を怒らせる相手がいるということが嬉しいのだ。

そういったとき、彼はいくらでも残忍になれる。佐伯はそう思った。シュウジはそういう類の男だ。

彼は無駄なことはいっさい言わなかった。じっと佐伯の隙をうかがっている。

うかつにはかかってこない。

佐伯の戦いかたを見て、攻めていくことが危険であることを悟ったのだ。シュウジは、喧嘩慣れしている。

それも半端な腕ではないはずだ。

隙がなかった。

佐伯は、たいていは、自然体のまま相手に対峙した。そのほうが相手は油断するし、一瞬で技を決めようとするときには、そのほうが動きやすかった。

だが、今、佐伯は、右手を顔面の前に掲げ、左手を胸の前に置いた。わずかに半身になり、足を肩幅に開いて膝を曲げた。右足が前になっている。

佐伯はシュウジを相手にして、『佐伯流活法』の基本の構えを取ったのだ。

シュウジは、やや前傾姿勢で足を肩幅に開き、左肩をやや前に出して、佐伯を見つめている。

その眼は獲物を狙う肉食獣のようだった。ふたりの戦いを見ている者は誰も声を発しなかった。

今や、シュウジの目的は、佐伯を倒すことだけとなったように見えた。玩具に夢中になる子供のようなものだ。

佐伯とシュウジの間には、シロウが倒れている。どちらの突進にも邪魔になる。

先制攻撃をしかけるほうが不利になるということだ。

佐伯はそれを計算していた。

シュウジが、横に移動すると、佐伯は、回り込むように動いて、倒れたシロウを間にはさんだ。

シュウジが焦《じ》れるのを待てばいいのだ。佐伯のほうから仕掛ける必要はない。

突然、シュウジが吠えた。

彼は、大声を上げながら突進してきた。頭から突っ込んでくる。すさまじい勢いだった。彼は、シロウが倒れていることなど気にしていないようだった。

体当たりというのは、奇襲には効果的な場合が多い。どんなパンチも蹴りも、人間一人分の質量を受け止めることはできない。投げ技は有効だが、咄嗟《とっさ》に動ける者は少ない。

佐伯はかわした。かわすのが精一杯だった。シュウジは佐伯の意表を衝《つ》いたのだ。かわしざまに足を掛けようとしたが、わずかに遅れた。投げ技や崩し技は、タイミングが全てだ。わずかに遅れただけでも無効になってしまう。

シュウジは、佐伯の脇をすり抜けていった。佐伯がシュウジのほうを向いた瞬間、シュウジは、振り向きもせずに後ろ蹴りを飛ばしてきた。

突進しながら、佐伯がどこに移動したのかを察知していた。

正確な後ろ蹴りだった。顔面など狙わず、水月《すいげつ》の急所を狙っている。みぞおちだ。突き上げるような後ろ蹴りをみぞおちに食らうと、一瞬無力になる。脳震盪を起こさせるのと同じような効果があるのだ。

佐伯は、両方の前腕を重ねるようにして蹴りをブロックした。

咄嗟にブロックするのがやっとだった。払うようにさばけば反撃できたが、相手の攻撃のタイミングが見事で、それができなかった。

すぐさまシュウジは、ローキックを見舞ってきた。

佐伯は、膝を上げてそれをブロックする。さらに、シュウジは、膝をめがけて蹴ってくる。

佐伯は、さがってそれをやりすごした。

左のジャブ。

佐伯は、それを掌でさばいた。ボクシングのパリーの要領だった。

だが、左のジャブはフェイントだった。

シュウジの狙いは下にあった。ローキックや膝を狙った蹴りは、その攻撃への布石だ。佐伯の足を開かせておいて、金的を狙おうというのだ。

シュウジは、足刀の部分をはね上げるように金的を蹴ってきた。

佐伯は、そのくるぶしのあたりに手刀を叩き降ろしていた。

純粋に反射的な防御だった。

金的への攻撃を読んでいたわけではない。実戦で培《つちか》った反射的な動きだ。

その防御が攻撃にもなった。くるぶしのあたりに手刀を叩き込まれたシュウジは、ダメージを負った。

おかげで、シュウジの攻撃が途切れた。

佐伯は、間合いを取ることができた。

きれいな技で決めるのが理想だ。だが、実戦ではなかなかそうはいかない。こうした強引な防御も必要になってくる。

破壊力と破壊力のぶつかり合いという場面をどうしても避けることはできない。

一般に空手家が喧嘩に強いといわれるのはそのためだ。

技の精妙さにおいて、空手家は柔術家や剣術家にはかなわないかもしれない。だが、空手家は、実際に打ち合って体を鍛え、拳を練って破壊力を鍛えているのだ。

シュウジの左足にダメージを与えた代償で、佐伯の右手にもダメージが残っていた。

手刀の部分が腫れてしまい、手に力が入らなかった。

シュウジは、戦いを楽しんでいた。

佐伯は、こんな相手に付き合うのは真っ平だった。

ひとしきり激しい攻防があったことで、佐伯はかえって落ち着いていた。自分が何をすべきかが明確になった。

シュウジは、さまざまな格闘技を研究しているようだ。喧嘩に利用する術も学んでいる。今の攻防でそれがわかった。

しかし、ひとつひとつの技に習熟するまでには至っていない。もちまえの喧嘩の才能でそれをカバーしている。

才能だけでカバーできる部分には限界がある。

佐伯は、そう信じることにした。

おそらく、シュウジは、投げ技や関節技も工夫しているに違いない。

プロレス団体が使うような投げや関節技だ。最近の格闘技愛好者は、総合格闘技という言葉を好む。打撃、投げ、寝技、すべてをこなす格闘技を求めているようだ。

ならば、本当の勝負の試合を見せてやろう。佐伯はそう思った。

佐伯は、構えながらも、全身の力を抜いた。知らず知らずのうちに、体に力が入っていた。

技が遅れ、後手後手に回っていたのはそのせいだった。初めて戦う相手で、しかも油断ならないと思ったせいで、どうしても力んでしまうのだ。

力を抜くと、不思議なことに、相手の動きがよく見えてきた。

動きが見えてくると、相手の考えていることもわかり始める。

自然と、佐伯の体重が前方に移動していた。前重心になったのだ。

腰が引けていると、相手が攻撃をしかけてきたときに何もできない。

佐伯の体がそれを思い出したのだ。

シュウジは、今の攻防で自信を深めたはずだ。佐伯が後手に回るしかないのを見て取ったのだ。

シュウジのほうからじりじりと詰め寄ってきた。

佐伯はさがらなかった。さがりたいという気持ちをぎりぎりでこらえていた。

シュウジが、左のジャブを出した。すぐにローキックを飛ばしてくる。

佐伯は、そのジャブを食らう覚悟で、手を出しながら飛び込んだ。

佐伯の掌打は、ジャブを弾きながら伸びていった。速い『刻み』だった。

その掌打の『刻み』は、ローキックを出そうとしていたシュウジの顔面に決まった。

体重が前方に移動しようとしたところにカウンターで決まる恰好になった。

シュウジは顔面だけでなく、頸椎《けいつい》にも衝撃を受けていた。さらに、佐伯の左右の『張り』が続いた。

シュウジは、『張り』を食らいながらも、両腕を伸ばしてきた。

佐伯は、一瞬、ぞっとした。

シュウジは、筋肉質で首が太い。そういう体格の男は脳震盪を起こしにくい。『張り』が通用しないのかと思った。

つかまれたら面倒なことになるのは明らかだった。

佐伯は、封印を解こうとした。

殺し技とされている顔面への『撃ち』を出そうとしたのだ。

しかし、そのとき、シュウジは、両手を差し出したまま、ゆっくりと崩れていった。

シュウジが膝をついたとき、佐伯は、その側頭部に回し蹴りを叩き込んだ。

シュウジは眠った。

佐伯は、倒れたシュウジをじっと見下ろしていた。肩で大きく息をついている。戦いの興奮がまだ残っている。彼は、何度か深呼吸をして落ち着こうとした。

誰かが近づいてくる足音が聞こえた。

佐伯が振り向くと、そこに岩井六蔵が立っていた。

「これが、あんたの言った敵討ちか?」

佐伯は、その質問にはこたえずに言った。「この男があんたの家に火をつけたんだ」

「こんなやつらをやっつけたところで、何の解決にもならない」

「わかっている。保津間興産はまた代わりを送り込んでくるだけだ。質問にこたえよう。俺の敵討ちはこんなもんじゃない。保津間興産そのものをつぶしちまおうと思っている」

「そんなことができるのか?」

「俺はやろうとしている」

『不法投棄監視連絡会』の日に焼けた男が近づいてきて言った。

「岩井さんの言うとおり、暴力では何も解決しない」

佐伯はその男に言った。

「話をしたいのなら名乗ることだ」

「私は、宇津木陽一《うつぎよういち》という。こんなことをしたら保津間興産は態度を硬化させるだけだ」

「そう。暴力は何も解決しない。だが、暴力を排除しないかぎり解決しない問題もあるんだ。このふたりは、あそこにいるあんたの仲間の女性を生贄にすると言っていた。犯してビデオに撮影してさらに裸のまま汚泥に叩き込むことを計画していた。それでも黙って見ていろというのかな？」

宇津木陽一は何も言わなかった。

岩井六蔵は宇津木を無視して佐伯に言った。

「たしかに問題の解決にはならないが、胸がすっとしたのは確かだ」

10

佐伯は、宇津木陽一に言った。

「このふたりを会社に帰すわけにはいかない。警察を呼んでくれ」

「私たちは、あんたを信用したわけじゃない」

「信用しなくてもいい。今、何をしなければならないかを考えろ」

宇津木は、佐伯を睨むように見据えていたが、やがてふたりの仲間のところに行った。彼らは相談し、若い男がどこかへ行った。

電話をかけに行ったのだろうと佐伯は思った。

宇津木と女が佐伯に近づいてきた。

「今、警察を呼びにやらせた」

宇津木が言った。「だが、警察が来たら、あんたはどうする気だ?」

「私は会社に戻る。ふたりが警察につかまったことを報告しなければならないからな」

「このまま、行ったほうがいい」

岩井老人が言った。「警察が来ると、あんたまで面倒なことになる」

「そうしたいが、警察に話さなければならないことがある」

「警察は話してわかるような連中じゃない」

宇津木は言った。「あんたもつかまるぞ」

「あんたは何もかも信用できないようだな?」

「こういう運動をやっている人間を、警察はあまりよく思わない。すべて左翼運動と結び付けて考えるんだ。信じられるか? いまだに警察は左翼運動を気にしてるんだ。すでに死語になったアカという言葉をまだ使っている」

「そういう警察官は多い。だが、そういう連中ばかりでもないさ」

若い男が戻ってきた。

宇津木は、ふたりの仲間がそろったところであらためて紹介した。

若い男は、原俊太郎《はらしゅんたろう》といい、髪の長い女性は森尾由加里《もりおゆかり》という名だった。

佐伯は、『不法投棄監視連絡会』の三人に言った。

「あのふたりが気を失っているうちに縛り上げておいたほうがいい。あの程度の衝撃では、そう長く気を失ってはいない。長くても一時間以内だ」

三人はまた何事か話し合った。彼らは話し合いをしなければ行動に移れないのかと佐伯はいらいらした。

いちはやく動きだしたのは、岩井老人だった。彼は、どこからかロープを見つけてきて、倒れているシュウジのほうを縛りはじめた。

それを見て宇津木たち三人はようやく行動を開始した。

その他の住民は、少しばかり離れた場所から成り行きを見守っている。

佐伯が言ったとおり、縛りおわってほどなく、まず、シロウが意識を取り戻し、それからややあってシュウジが目覚めた。

シュウジは、赤く濁った眼で佐伯を見上げていた。彼はうなるようにつぶやいた。

「てめえ……。殺してやる」

佐伯は、こたえた。

「できると思うか?」

パトカーが到着するまでの時間をレスポンス・タイムと警察では呼ぶ。全国平均がだいたい四分といわれているが、この土地のように人があまり住んでいない場所では、当然長くなる。

通報してから十分以上たってようやくパトカーのサイレンが聞こえてきた。

パトカーが到着して、制服を着た警官がふたり降りてきた。ひとりは巡査でもうひとりは、巡査部長の階級章を着けていた。

「通報されたのはどなたですか？」

巡査部長が尋ねた。

彼は、地面に縛られて転がっているシロウとシュウジを一瞥《いちべつ》した。

「私です」

原俊太郎がこたえた。

「どういうことか、詳しく説明してもらえますか？」

「彼らがダンプカーで、産業廃棄物か何かを捨てに来ました。不法投棄です。知ってるでしょう？　このあたりは、産業廃棄物をはじめとするあらゆるゴミの不法投棄場所になっているんです。私たちは、それを阻止しようとしていました」

「あのダンプカーですね？」

巡査部長が指さした。

「そうです」

巡査は、クリップボードにはさんだ紙に記録を取りつづけている。

「それで？」

「あのふたりが、車から降りてきて、そこに住民のひとりがスコップを持って向かっていきました」

巡査がクリップボードから顔を上げた。巡査部長が、意味ありげな間を置いて言った。

「住民のほうがスコップで掛かっていったのですね？」

原俊太郎は、一瞬言葉につまった。余計なことを言ってしまったかと考えているようだった。

しかし、佐伯はこれでいいと思っていた。警官に隠し事をするのは愚かだ。

「挑発されたからだし、彼らは過去にもっとひどいことをしている」

佐伯が言った。

巡査部長がおもむろに佐伯のほうを向いた。

「あんたは……？」

佐伯がこたえるより早く、原が言った。

「この人がふたりをやっつけたんです」

「どうして喧嘩になったんです？」

「単なる喧嘩じゃない。彼らのやることを止めなければならなかった」

佐伯が言うと、巡査部長はぴしゃりと言った。

「あんたに訊いているんじゃない。通報者に訊いているんだ」

原がこたえる。

「スコップで掛かっていった住民が、あのふたりにやられちまったんです。それでこの人が……」

「なぜ、暴力を振るった?」

巡査部長は佐伯に尋ねた。

「そんなことより、相談がある」

佐伯が言うと、巡査部長は、険悪な眼つきで佐伯を見た。警察官が犯罪者を見る眼つきだった。

「警察をなめるんじゃないぞ……」

巡査部長は、ヤクザのような凄みかたをした。「訊かれたことだけにこたえろ」

いつもの佐伯なら、冷静に説得できただろう。だが、このところ、佐伯はひどく苛立っている。

彼は、こらえ性がなくなっていた。

「いいか、よく聞け。通報しろと言ったのはこの俺だ。その必要があると考えたからだ。どういうことになっているのかは、後でいくらでも説明してやる。とにかく、あんたとふたりで話をする必要がある。でないと、取り返しのつかないことになるんだ」

「暴行傷害のうえに公務執行妨害を加えてほしいのか？　おまえは、あのふたりと同じ制服を着ている。だとしたら、おまえも不法投棄の仲間ということになる」

「だから、その理由を説明しようと言ってるんだ」

「説明ならここでしろ」

「わかった」

佐伯は、言った。「おまえさんは、今、大切な捜査をぶち壊そうとしているんだ。あんたの石頭のおかげで何もかもぶちこわしだ。後日、それがわかったら、あんたは左遷されるかもしれない。巡査部長、それがいやなら、今すぐ、無線《ユーダブ》を使って連絡を取り、警視庁捜査四課の緑川部長刑事か奥野刑事に確かめるんだ。佐伯が何をやっているのかをな」

無線をユーダブとよぶのは、警察の隠語だ。多くの場合、ＵＷ波を使用するのでこう呼ばれる。

その警察独特の言い回しを聞いて、巡査部長の顔色が変わった。

大切な捜査とか、警視庁捜査四課というはったりは誰にでもできる。だが、隠語は佐伯の言葉に説得力を持たせた。

「ちょっと、こっちへ……」

巡査部長は、佐伯を連れてパトカーのそばに行った。他の誰にも話を聞かれない位置だった。

巡査が困惑した表情で巡査部長と佐伯のやりとりを見ていた。

他の人々も訳がわからなくなり、黙ってふたりの様子を眺めている。シロウとシュウジも例外ではなかった。

巡査部長は、不安になりながらも虚勢を忘れなかった。

「いったい、何の話だ？」

「俺は、ご同業というわけだ」

「警察手帳《チョウメン》は？」

「事情があってな……。俺は出向中なんだ」

「出向？　どこに？」

「環境庁の外郭団体だ。『環境犯罪研究所』というんだ」

「警察官がなんで環境庁なんかに……。そんな話は聞いたことないぞ」

「俺だって聞いたことなかった。だが、事実だ」

「それで、こんなところで何をやっている？」

「保津間興産という解体業者に潜入している。保津間興産というのは、毛利谷一家の企業舎弟で、どうやら地下のテロ・ネットワークの基地のような役割を担っているらしい。銀行の支店長殺しの件にそのネットワークがつかわれた可能性がある」

「毛利谷一家というと坂東連合宗本家の？」

「そうだ」

「それが、あの支店長殺しに……？」

「そうだ」

巡査部長は、それでも不審げな表情をしている。

冷静になった佐伯は、無理もないと考えていた。逆の立場なら、俺は信じないかもしれない、と佐伯は思っていた。

巡査部長は、佐伯を睨みながら、パトカーの助手席に手を伸ばし、無線を手に取った。警察官が使用する無線周波数は通常地域系と署活系の二系統がある。

地域系は、警察本部から各移動に呼びかけるのに使用される。携帯無線で連絡を取り合うのに使用されるのが署活系だ。署活系というのは、署外活動系の略だ。

巡査部長は、署活系で署と連絡を取った。警視庁捜査四課の緑川、奥野の名前を出し、佐伯の身分を尋ねるよう要請した。

「事実だとしても、不愉快な話だな……。秘密捜査のとばっちりがうちの署に押しつけられる。人の管轄《ニワ》で好き勝手やりやがって」

巡査部長は言った。

佐伯は、かすかに笑いを浮かべた。

「気持ちはわかるが、もっと物事を大きく見てほしいな……。地下のテロ・ネットワークなんてものを許すわけにはいかない。そうだろう？　あんたたちは、捜査協力をしてくれている。そう考えるべきだ」

「勝手な言いぐさだ。捜査協力をしろというのなら、事前に知らせてくれるべきだ。だが、あんたは、俺を半分脅迫するようなことを言ったんだ」

「おとなげなかったな……。反省してるよ……。だが、ただで協力しろとは言わない。あのふたりは、ここで起きた火事の放火犯だ。自分で俺にそう言った。調べてみて損はないはずだ」

巡査部長は、ぶつぶつと何事かつぶやいた。そのとき、無線の呼び出しがあった。

巡査部長は応答し、佐伯が警察官であり、確かに、緑川と奥野の捜査に関わっていることを確認した。

巡査部長は相変わらず不機嫌そうだった。

「それで？　俺たちはどうすりゃいいんだ？」

なかばやけっぱちな口調で彼は言った。

「そう臍《へそ》を曲げんでくれ。俺だって好きこのんで潜入などやっているわけじゃない」

「第一、潜入捜査は禁じられている」

「俺は、今、警視庁の指揮系統下にあるわけじゃない。情報収集をしているだけだ。今後も、情報収集を続けたい。俺は保津間興産に帰ってあのふたりが警察に逮捕されたことを報告する。あのふたりと保津間興産が絶対に接触しないようにしてくれ」

「厳密にいうとそれは、被疑者の権利を侵害することになるな」

佐伯は面白い冗談を聞いたというようにかすかな笑いを浮かべた。

警察が取り調べをするさいに被疑者の権利を十全に守ることはあまりない。特に、相手がヤクザ者や前科者の場合、扱いは乱暴になる。

「もし、彼らが保津間興産と連絡を取ったら、俺の命はない」

「あんたの生き死になど知ったことではないが……」

巡査部長は言った。「たしかに、テロ・ネットワークというのは問題だ。あのふたりの被疑者の権利と、テロ・ネットワークの重大さを秤《はかり》にかける必要はあるな……」

「警察官は法の番人だが、法の奴隷ではないと、俺は信じているがね……」

「わかった。彼らを、勾留する一定期間、外部との連絡をシャットアウトしよう」

佐伯はうなずいた。

巡査部長と巡査は、シロウとシュウジをパトカーに乗せた。シロウもシュウジも観念したのか抵抗しようとはしなかった。極道者の美意識なのかもしれないと佐伯は思った。

パトカーに押し込まれる直前、シュウジは、佐伯を睨み付けて言った。

「てめえ、警察《ヒネ》だったのか……?」

「さあな……」

佐伯は言った。「どうだったか、忘れちまった」

パトカーが去った。

宇津木、原、森尾由加里の三人は、無言で佐伯を見つめている。困惑の表情だ。

周囲にいる住民も同様だった。

岩井が言った。

「あんたが警察官だという話は本当だったのか？」

佐伯はこたえた。

「俺は嘘は言わない」

「警察官？」

宇津木が驚いて尋ねた。「あんた、警察官だというのか？」

「いけないか？」

「環境庁の外郭団体の人間だと言ったじゃないか」

「それも本当のことだ。出向しているんだ」

「どうして保津間興産の制服を着ている？」

「不法投棄やら何やらの実態調査のため、潜入している。立ち入り検査なんぞやっても、実態をうまく隠されてしまうんでね」

「初めてあんたのような人が現れてくれた……」

岩井老人が言った。「私は絶望からようやく救われたような気がする……」

「絶望からあなたを救うのはあなた自身でしかない」

佐伯は言った。「だが、その手伝いができるのなら、俺は喜んでやる」

「私は今、生き甲斐をみつけたよ。この土地を守るために戦うことが、私の生き甲斐だ。これからも戦い続ける。年寄りにとって思い出が焼けたことは淋しいが、昨日も今日も、明日も新しい思い出ができるということに、私はようやく気づいたよ」

「さて、俺はあのダンプを運転して会社に帰らなければならない。大型免許を持っていない俺にとってはちょっとしたひと仕事だな……」

「そいつは法律違反でしょう?」

森尾由加里が言った。「警察官が法律違反をやるわけ?」

「たまげたな。知らなかったのか? 警察官は、常に刑訴法や警職法に違反しているんだ。帰る前に電話を貸してほしい」

「アジトにある」

宇津木が言った。「使ってくれ」

佐伯は電話を借り、警視庁の奥野を呼び出した。

「チョウさん、栃木県警から妙な問い合わせがありましたよ」

「わかっている。そっちは片づいた。関西に送り込まれた男の名前がわかった」

「本当ですか?」

「越前守。年齢その他、詳しいことはわからない」

「名前だけでも充分ですよ。あとは警察の領分です」

「また、連絡する」

佐伯は、アジトを出てダンプカーのほうに歩きだした。外には岩井を始めとする住民や、原、森尾由加里らがまだ立っていた。

森尾由加里が佐伯に言った。

「宇津木さんから話を聞いたわ。あなた、あたしを助けてくれたんですってね……?」

佐伯は立ち止まり、振り返った。

「やつらがやろうとしていたことが許せなかった。それだけだ」

「とにかく、礼をいうわ」

「そう。人間、素直な気持ちを忘れてはいけない」

佐伯は、ダンプカーに乗り、エンジン・キーをひねった。

佐伯が、なんとかダンプカーを操って会社にたどり着いたのは、夜の八時過ぎだった。

　廃棄物処理課の課長は、まだ会社に残っていた。

　佐伯は、おろおろした態度で課長のもとに駆けつけた。

「何だ？」

　廃棄物処理課の課長は佐伯の様子を見て尋ねた。「どうしたんだ？」

「シロウとシュウジが警察にパクられちまった」

「どういうことだ？」

「住民や環境団体のやつらと揉め事を起こしたんだ。住民が通報した」

「おまえは何をやっていた？」

「俺、素人ですよ。騒ぎのあいだ、隅っこにいるしかなかった……。警察が来たんで、隠れていたんですよ。ダンプを持って帰るのが精一杯でした」

　課長は舌を鳴らした。

「情けねえやつだ……。シュウジたちがよけいなことをいわねえように手を回さなけりゃな……」

　課長は電話に手を伸ばした。

（根回しは無駄だろうな……）

佐伯は、心の中で言ってやった。

11

「おまえはもういいから、帰れ。詳しい話は明日聞く」

廃棄物処理課の課長は佐伯に言った。電話の呼び出し音が鳴っている最中のことだった。

彼は、栃木県警に電話をしていた。これまで、不法投棄などで、栃木県警とは関わりがあるらしい。

ひょっとしたら、買収されている警官もいるかもしれない。

佐伯はそうでないことを祈った。もし、買収されて、保津間興産の便宜を図るような警察官がいたら、佐伯の立場は危なくなる。

佐伯は、課長と電話の相手のやりとりを確かめたかった。部屋を出てから、出入口のすぐ近くで耳を澄ました。

「うちの作業員がつかまったということだが、どういうことなんだ?」

課長の声が聞こえた。「何? 所轄でないとわからない? なら、すぐに確かめてくれ。このまま待っている。大切な社員が逮捕されたんだ。じっとしちゃいられないんだ」

しばらくの間。

「黒磯《くろいそ》署？　電話番号を教えてくれ」

課長は電話を切り、また掛けた。

「黒磯署かい？　保津間興産の者だけど、うちの作業員が逮捕されたって？　何かの間違いだろう？」

相手の話を聞くための間がある。

「なに、傷害の準現行犯？　どうなってるんだ？　とにかく、そいつらと話をさせてくれ」

あの巡査部長はちゃんと約束を守ってくれるだろうか？　佐伯は一瞬、不安になった。彼がその気でもそれができない場合がある。警察という組織は驚くほど個人の意思が通用しないのだ。

巡査部長が、事情を的確に説明しない限り、あのふたりはすぐに釈放されてしまうかもしれない。あるいは、弁護士と簡単に会うことができるだろう。

課長の声が聞こえてきた。

「何だって！　どうして電話に出られないんだ？　取り調べ中？　終わるのはいつだ？　わからない？　どうなってるんだ。電話で話もできないのか」

ややあって、勢いよく電話を切る音が聞こえた。

佐伯は、その結果に一応満足して、そっとその場を離れた。


課長は、何か変だと感じた。

これまで、不法投棄などで摘発を受けたときとは何かが違う。

普段、表の仕事のことで、毛利谷一家には、電話などしないことになっていた。

彼は、たしかに毛利谷一家にいたことがあるが、今は足を洗っている。企業舎弟で働くために足を洗う必要があったのだ。

だが、課長は毛利谷一家に知らせておいたほうがいいと判断した。

彼は時計を見た。すでに八時半になろうとしている。こんな時刻まで残っているだろうかと思いながら、彼は、秘書室次長の紀野一馬に電話をした。

毛利谷一家と保津間興産の連絡は紀野一馬が担当しているのだ。

課長は、秘書室直通の番号にかけていた。「はい。毛利谷総業、秘書室です」

「紀野一馬次長をお願いします」

「私ですが……」

「カシラ……、小倉《おぐら》です」

課長は名乗った。彼は、小倉という名だった。紀野一馬よりも年上だが、丁寧な口調でしゃべっている。

「どうしました?」

小倉課長は、シュウジとシロウが栃木県警につかまったことを知らせた。

「マモルのやつを関西に送った矢先でしょう? あのふたりはマモルとチームを組んでいたんです。何か、悪い予感がしましてね……」

「どうして逮捕されたことがわかったのですか?」

「腰抜けの新入社員がいましてね、ひとりで逃げ帰って来たんです。そいつから話を聞きました」

「新入社員……?」

「マモルの代わりにしようと考えたんです。何でも人事課長の前では腕に自信があるとかなんとか言ったらしい……。だが、とんだ食わせ者だ。役立たずですよ」

「どんな人間でも、最初は役立たずですよ。その男の名は……?」

「佐伯です」

「佐伯……」

紀野の声の調子が変わった。「フルネームは？」

「たしか、佐伯涼……」

「佐伯涼……。佐伯を雇ったというのか……」

「知ってるやつなんですか？」

「元警視庁のマル暴刑事だ。今は、別な役所に出向になっているということだが……」

「もとマル暴刑事……？　どういうことでしょう……？」

「潜入しているとしか考えられない……」

「でも、今は刑事じゃないんでしょう？」

「佐伯涼には、坂東連合系の組が三つも潰されている。それも、やつが刑事をやめてからだ」

「本当ですか……」

「やつのバックには今でも警視庁が付いているのかもしれない」

「どうします？」

「よし、本家のほうで策を考える。今までどおり、振る舞っていてくれ」

「わかりました」

「追って連絡する」

電話が切れた。

小倉課長は、シュウジとシロウがつかまった理由がだいたい理解できた。佐伯のせいに違いないと彼は思った。

「野郎、ふざけやがって……」

受話器を置くと、小倉課長はつぶやいた。


佐伯は、白石邸に帰ると、ひとりで夕食をとった。白石景子はすでに夕食を終えていた。

「晩酌はなさいますか?」

執事が尋ねた。

「いや、今夜は気が進まない」

佐伯は、なぜか体調を整えておかなければならないと感じていた。わずかな酒で体調を崩すとも思えなかったが、酒というのは、飲みだすと止まらなくなるおそれがある。

特に、今の佐伯のように苛立っているようなときは気をつけなければならない。

夕食を終えて部屋に戻ると、ほどなく電話が鳴った。

「はい」

「佐伯さんですか？」

「驚いたな、所長ですか？」

所長から電話がかかってくるというのはたいへん珍しい。「何かあったんですか？」

「潜入を中止してください」

「なぜです？」

「嫌な予感がするのです。これ以上保津間興産にいると、危険な気がします」

「予感……？　あなたはそういうものとは無縁の人かと思っていました。何か情報をつかんだのですか？」

「栃木県警に保津間興産の作業員がふたりつかまったと聞きました」

「早いですね……。どこからそういう情報を得るのです？」

「まあ、いろいろと……。そういう動きがあったからには、保津間興産でもいろいろと手を打つに違いありません。その過程であなたのことがばれてしまう可能性があります。あなたは本名で潜入しました。毛利谷一家の幹部はたいていあなたの名前を知っているのでしょう?」

「まだ、テロ・ネットワークの実態をつかんではいません。もう少しやらせてください」

「テロ・ネットワーク?　私は不法投棄の実態を調べろと言ったのです」

「今になってたてまえを押しつけないでください。所長が、テロ・ネットワークのことを知っていて俺を送り込んだことはもうわかっているのです」

「いいでしょう。それは認めますよ。だが、あなたはもう充分に情報を引き出した。潮時です。もう引き上げてください。保津間興産に行く必要はありません。明日は、研究所のほうに出勤してください」

「所長。心配なら、バックアップ態勢を敷いてください。俺はもう少しねばってみます」

長い沈黙の間があった。

やがて、内村所長は言った。

「わかりました。佐伯さんがそこまでいわれるのなら……」

「あんたはものわかりのいい上司だ」

「ただ押しが弱いだけですよ。くれぐれも気をつけてください」

電話が切れた。

佐伯は、受話器を置くと考えた。これまで、内村の言うことに間違いはなかった。内村の指示に従うべきだろうか？

だが、佐伯は、その迷いを追い払った。彼は、保津間興産の調査を続けずにはいられないのだ。その気持ちは否定しようがない。

それは、奇妙な苛立ちのせいかもしれないが、佐伯は、とにかくテロ・ネットワークを叩きつぶしたかった。

「保津間興産を叩く。岩井老人との約束でもあるしな……」

佐伯は、自分に言い訳するようにつぶやいていた。


紀野一馬は小倉課長からの電話を受けると、すぐに秘書室長の坂巻良造の行方を探した。

毛利谷総業の秘書室長であり、毛利谷一家の本家代貸である坂巻良造は、まだ社内にいるはずだった。

坂巻良造は、組長の常道等と打合せをしているようだった。紀野一馬は待つべきか、知らせに行くべきか迷った。

常道等は、打合せを邪魔されるのを好まない。だが、紀野一馬は知らせることにした。

社長室のドアをノックした。

「誰だ？」

部屋のなかから、常道等の声が聞こえた。「紀野です。緊急のお知らせが……」

「入れ……」

ドアを開けた。

常道等は明らかに機嫌が悪そうだった。坂巻良造との話を中断しなければならなかったのが不愉快なのだ。

「何事だ？」

坂巻が物静かな声で尋ねた。彼は、いついかなるときでも冷静だった。

「佐伯涼が、中途採用の社員を装って保津間興産に潜入しているようなのです」

まっさきに反応したのは、組長の常道等だった。

「佐伯涼が……？」

「どういうことか、詳しく話してくれ」

坂巻が言った。

紀野は、小倉課長から聞いた話を伝えた。

「あいつには、ずいぶん煮え湯を飲まされた……」

常道等は、決して怒りを露わにはしなかった。むしろ、感慨深げに言った。

坂巻が常道に言った。

「テロ・ネットワークと無関係とは思えませんね……」

「そうだろうな……。もし、明日ものうのうと出社してくるようなら、片づけてしまえ」

常道等が言った。

「そのまえに……」

坂巻が言う。「佐伯涼にはやってもらうことがあります」

坂東連合宗本家で、常道等に異を唱えることができるのは、坂巻くらいのものだった。本家を支える他の貸元連中、つまり、毛利谷総業の役員たちですら、常道に逆らうことはしない。

坂巻はそれくらい常道の信頼をかち得ているのだ。

「どういうことだ?」

「佐伯涼は警察に情報を流している可能性があります。典量酒造の役員襲撃の計画が洩れているかもしれない。だとしたら、それを逆手に取るのです」

「にせの情報を流すというのか？」

「そうです。にせのターゲットを佐伯涼の耳に入れ、それを警察に流してもらうのです」

常道はしばし考えた。彼は言った。

「よし、それでいこう」

「佐伯涼が、にせの情報を警察に流したことが確認できたら、すみやかに消します」

「保津間興産は、処理係だが、佐伯涼だけは、保津間興産に任せたくない」

「もちろんです。佐伯は、こいつにやらせます」

坂巻は、紀野を見た。

紀野は、うなずいた。彼はまったく緊張の色を見せなかった。ごくあたりまえの仕事を言いつかったという態度だった。

「具体的なことはあとで打ち合わせる」

坂巻は紀野に言った。「まだ、社長と話すことが残っている。秘書室で待っていてくれ」

「わかりました。失礼します」

紀野は、一礼して退出した。

社長室を出ると、彼は大きく息を吐いた。常道に会うのはいつどんなときでも緊張するものだった。

紀野は、報告の役目がうまく果たせたことで安心をしていた。常道と坂巻の話に割り込むことを考えれば、佐伯を消すことなど簡単なことに思えた。

一時間後に、坂巻が社長室から出てきた。彼が席に戻ると、紀野は、すぐにその脇に立った。

坂巻は言った。

「関西の標的は、新東西造船の役員だという情報を佐伯に流せ」

「新東西造船？　神戸の？」

「そうだ。典量酒造ほどの知名度はないが、一流企業だ。やはり銀俠会と総会屋の件で問題を起こしたことがある」

「わかりました。手配します」

「私は、引き上げるが、君はどうする？」

「では、私も……」

坂巻が、紀野の顔を見上げた。一瞬、紀野は緊張した。なにかとがめられるようなことをしたかと考えた。

坂巻は、にこりともせずに言った。

「よく社長室に知らせに来てくれた。有益な情報は早いほうがより価値が増す。妙な遠慮をする連中が多いが、そういう遠慮は物事がよく見えていない連中のすることだ」

「はい……」

「一杯奢《おご》るに値すると思うがどうだね？」

「喜んでお供します」

「池袋もいいが、たまには六本木にでかけようか？　鬼門《きもん》に教えてもらった店があるんだ」

「艮《うしとら》組の鬼門の叔父貴にですか？」

「そう。艮組も佐伯に潰された。それも一興だろう」

「はい」

坂巻と紀野は若い衆が運転する黒塗りのセダンで六本木に向かった。若い衆は、いつでも車を出せるように会社に詰めているのだ。

ロアビル前に駐車し、坂巻と紀野は車を降りた。

彼らは、その近くにあるビルを目指して進み、『ベティ』にやってきた。

席に案内されると、坂巻は言った。

「以前、ノース・イースト・コンフィデンスの鬼門社長と来たことがあるんだが……」

ノース・イースト・コンフィデンスというのは艮組の表向きの名前だった。鬼門というのは、インテリ・タイプで、完全に経済活動をこなしていた。

彼をヤクザと知っている者はそれほど多くはなかった。彼は、佐伯のおかげで、現在服役中だ。

「どうも、お世話になっております」

黒服の男性従業員は、慇懃《いんぎん》に頭を下げた。坂巻が、慣れた調子で言った。

「ヘネシーを一本入れてくれ。女の子は、そうだな、鬼門社長が気に入っていた子がいたが、まだいるか?」

「ミツコですね? はい、承知しました」

男性従業員が去ってほどなくボトルとクラッシュアイス、チューリップ・グラスなどが用意された。

ミツコが席にやってきた。

紀野はミツコの美しさに半ば呆然とした。彼女の父親にアメリカ人の血が混じっている。四分の一の白人の血が、白い肌と端正な顔だちを作りだしていた。プロポーションもいい。

「ヘネシーはどうお作りします?」

ミツコが尋ねた。

「私はストレートでもらおう。君はどうする?」

紀野は坂巻にそう訊かれて、一瞬うろたえた。ミツコに見とれていたのだ。

「ストレートでいいですか?」

ミツコにあらためて尋ねられて、紀野はこたえた。

「はい……。あ、氷を入れてください」

ミツコがふたりのグラスに酒を注ぐと、坂巻は言った。

「飲んでくれ。君は今日、いい仕事をした」

「ありがとうございます」

坂巻に勧められ、ミツコも水割りを作って飲んだ。

ひとしきり酒を飲んで酔いが回ると、坂巻が言った。

「さて、問題は明日だ。佐伯涼に、ちゃんと情報を信じ込ませなければならない」

「そうですね……」

「やつが、それをうまく伝えてくれれば、あとは……」

「はい……」

ミツコは、佐伯涼という名前に反応しそうになったが、辛うじて、まったく知らぬふうを装っていた。

彼女は、かつて、札付きの不良少女でヤクザ者の情婦にまで落ちたことがある。佐伯が体を張って更生させたのだ。当時、彼女は、余計な事だと佐伯を憎んだが、今では、たいへん感謝している。

坂巻も紀野もまさかミツコと佐伯が知り合いだとは思ってもいない。本来、佐伯のような立場の人間が、こうした六本木のクラブに飲みにこられるはずがないのだ。

ミツコは、まったく話を聞いていないようなそぶりをしていた。

(佐伯さんに情報を信じ込ませる……?)

彼女はその一言がたいへん気になっていた。

12

夜の十一時頃から、店が終わる一時くらいにかけては、はやっているクラブの店内は戦場のようなありさまだ。

特にミツコのような売れっ子は、指名客の席を飛び歩かなくてはならない。客が勘定をチェックすると、席にもどり、客が帰るまで付かなくてはならない。

客が帰るときは、エレベーターでいっしょに降りて送り出しをしなければならない。このとき、ハシゴをする客に誘われたら、次の店に十分ほど付き合わねばならないこともある。

ミツコはその日、たいへん忙しかった。閉店間際に、指名の客が四席もあった。クラブは一時に閉店だが、それはたてまえで、たいてい二時三時まで残っている客がいるものだ。

ヘルプのホステスは帰ってもミツコのような売り掛けのホステスは残らなければならない。

坂巻と紀野は十一時前に引き上げた。「佐伯に情報を信じ込ませる」というひとことが気になっていたが、あまりの忙しさに電話をするチャンスを逸していた。

売れっ子ホステスは、店が引けたあとも、「アフター」と称して客に付き合うのだ。まれにホテルなどに誘う客もいるが、たいていはカラオケなどに行く。ホステスの仕事は朝まで続くのだ。

ミツコは、朝の六時に帰宅した。疲れ果てていた。だが、そのまま眠る気にはならない。シャワーを浴び、コーヒーを一杯飲んで、ようやく人心地がついた。

コーヒーのカフェインはたいした効果を表さず、猛烈な眠気が襲ってきた。彼女は、何も考えられなくなり、ベッドにもぐり込んだ。

たちまち、眠りに落ちる。ベッドに入ったとき、何かが気になった。だが、睡魔が勝った。

二時間ほどぐっすりと眠って、夢を見た。夢のなかに坂巻と紀野が出てきた。彼らは、佐伯を殺す相談をしていた。

ミツコはひどく腹が立ったが、ただふたりのグラスに酒を注ぐことしかできなかった。起きていたときの出来事がデフォルメされている。

ミツコは目を覚ました。半覚醒状態の感情の高まりがあった。悪夢を見て目覚めたときの、独特の苦しさだった。

そのとき、ミツコは、自分が何を気にしていたかを思い出した。

坂巻と紀野の話だ。

彼女は飛び起きた。時計を見ると午前九時を過ぎていた。佐伯は、『環境犯罪研究所』に出勤しているはずだと思った。

ミツコは『環境犯罪研究所』に電話をした。

白石景子が出た。

「佐伯さんをお願いします」

「佐伯は出張しております」

「急ぎの用なのです」

「どんなご用件でしょう？　個人的なことでなければ、うけたまわりますが？」

「あたし、六本木のクラブに勤めているんですけど……。ミツコといいます」

「井上美津子さん？」

ミツコは、事務所の女性にフルネームを言われて驚いた。だが、それで話しやすくなった。

「そう。昨夜、二人組の客が来て……。佐伯さんのことを話していたんです」

白石景子は躊躇《ちゅうちょ》しなかった。

「お待ちください。佐伯の代わりに内村がお話をうかがいます」

電話が保留になった。しばらくして再び回線がつながり、内村の声が聞こえてきた。

「しばらくです。お元気ですか？」

「まあまあですね」

「佐伯さんのことですね？」

「そう。二人組の客が、こう言ったんです。『佐伯にうまく情報を信じ込ませなければならない』って……。あたし、何のことかわからないけど、ひどく胸騒ぎがして……」

「その客の名前は？」

「ええと……」

ミツコは記憶をまさぐった。客の名を覚えるのは仕事のひとつだ。「たしか、坂巻と紀野」

「そのほかには何か……」

「『佐伯が情報を流したら、そのあとは……』というようなことを言っていたわ。ひょっとして危険なことなんじゃないかしら……」

「ご心配なく」

「でも……」

「他の人間ならいざしらず、佐伯さんなのですよ」

ミツコはそう言われて、たしかに安心した。

「そうですね」

「あなたから電話があったことを、佐伯さんに伝えておきます」

「ありがとう。たまには、佐伯さんと飲みにきてくださるとうれしいわ」

「私らの給料では、なかなかうかがえる店じゃありません。では……」

電話が切れた。

内村の言葉と声、話し方は、ミツコを安堵させた。まるで、即効性の精神安定剤のようだった。

気が楽になると、再び睡魔が襲ってきた。彼女は、あくびをし、ベッドに戻った。

内村は、電話を切ると、すぐに警視庁の奥野に電話をした。奥野も緑川も捜査会議に出ているということだった。

「緊急ということで呼び出していただけませんか？」

内村は電話の相手に言った。

「緊急？　何事だ？」

電話の相手は、警察官らしく横柄な態度で聞き返した。

「保津間興産に関することです」

「あんたの名前は？」

「内村といいます」

電話が保留になった。ずいぶんと待たされた。

やがて、奥野の声が聞こえてきた。

「内村所長ですか？　保津間興産のことって？」

「坂巻と紀野という名前に心当たりがおありですか？」

「もちろん。毛利谷一家の幹部です。それがどうかしましたか？」

内村は、ミツコから聞いた話を正確に伝えた。話を聞きおわると、奥野が言った。

「それは、つまり、すでにチョウさんの正体が保津間興産にばれていて、毛利谷一家にまで伝わっているということですね」

「それ以外に考えられません」

「これまで、チョウさんが伝えてくれた情報の信憑性《しんぴょうせい》も疑ってみなければならない……」

「それに越したことはないでしょう。でも、情報提供者は、坂巻と紀野が相談をしていたのは昨夜だといっています。話の内容から考えて、これまでの情報は、にせではないと判断していいと思いますが……」

「いずれにしろ、チョウさんの身が危険だ。引き上げさせてください」

「昨日、私はそう指示したのですが、佐伯さんは従いませんでした」

「あなた、上司でしょう？」

「私は佐伯さんのやりかたを信頼しているのです」

「チョウさん、妙に苛立っていたのに気づきませんでしたか？」

「気づいていましたよ」

「なら、無理やりにでも止めさせるべきだ」

「個人的な感情で、自分自身を危機に追いやるような人間なら、信頼には値しません」

「ひどく冷たい言い方に聞こえるな……」

「そうではありません。私は佐伯さんを信頼していると言っているのです」

「とにかく、何か打てる手を打たなければ……」

「佐伯さんのほうから連絡がくるはずです。毛利谷一家は、にせの情報を佐伯さんから警察に伝えさせたいのですからね」

「だが、その直後、チョウさんは殺されるかもしれない」

「佐伯さんは、彼らのやりかたを充分に心得ているはずです」

「わかりました。チョウさんの連絡を待ちつつ、保津間興産にいつでも突入できる態勢を整えておくというのでいいでしょう」

「そのあたりはお任せしますよ」

内村は電話を切った。

珍しく、彼は、不安そうな表情を見せていた。彼は、ひとりでいるときも、そういった顔つきをすることはない。

不安というのは、不合理な心理だと、彼は考えていた。日常生活で不安を感じるのは、あたりまえのことだ。

内村も個人的なことでは不安におののいたりはする。だが、仕事で不安を感じるというのは責任回避に等しいと彼は思っていた。

心配なら手を打てばいい。打つ手がないのなら、不安に思ってもしかたがない。起こるべきことはどうしたって起こるのだ。頭を早く切り換えて、起こった事への対応を考えなければならない。

内村はそういう立場にいるのだ。

だが、部下の身の上を案じずにはいられなかった。

彼は、電話に手を伸ばした。ダイアルして受話器を耳に当てる。相手が出ると、挨拶もなしに言った。

「内村ですが、例のものはいつ届きます？」

相手の返事を聞いて、彼らしくもなく皮肉な口調で言った。

「もう出ている？　そば屋の出前みたいな言い方ですね」

そのとき、ドアをノックする音が聞こえた。内村は、反射的に右手にあるコンピュータのディスプレイを覗き込んだ。

ドアが開き、白石景子が言った。

「警察庁からお客さまです」

内村は、電話の相手に向かって言った。

「ああ、今、こちらにおいでになりました。それでは……」

電話を切る。

客を所長室に招き入れる。

その客は、紺色の背広を着た役人然とした男だった。彼は言った。

「こういう措置は例外的だということを、充分にご承知おきいただきたい。本来ならば、本人に出頭していただかなければならないのです」

内村はこたえた。

「あいにく、本人は、手の放せない用事でしてね……」

「本当に例外なのですよ」

客は、アタッシェ・ケースを開き、中のものを内村の机の上に並べ始めた。

彼は一番重いものから無造作に取り出した。

まず、拳銃が机の上に置かれた。ＳＩＧザウアー・９ミリ・オートマチックだった。自衛隊が制式銃として使用しているものだった。

次に手錠、そして、警視庁の文字が入った警察手帳。

内村は、表情を変えずにそのすべてを机の一番下の引出しにしまった。

「それでは、私はこれで失礼します」

客は、そのまま、空のアタッシェ・ケースをかかえ、部屋を出て行った。

「さて……」

内村はひとりつぶやいた。「荷物を、持つべき人のところへ一刻も早く届けるべきだが……」


佐伯は、保津間興産に出勤すると、作業服に着替えた。席に着こうとしていると、課長に呼ばれた。

「上の人が、昨日の話を詳しく聞きたいと言っている」

課長は、佐伯を睨むように見ていたが、佐伯は別にそれを特別のことと思わなかった。昨日、初めて会ったときも、そのような眼つきで見られたのだ。

だが、課長は、憎しみを抑えようと苦労していたのだ。

「上の人？」

「いいから、付いてこい」

課長は階段に向かった。佐伯は黙って付いて行った。

小倉課長は、三階まで昇り、総務部を通り過ぎた。

役員室の並びに、渉外対策室という札がかかったドアがあった。小倉課長は、そのドアをノックした。

「どうぞ」という声が聞こえた。

佐伯は、その声を聞くだけでぴんときた。押し出すような感じの嗄《しゃが》れた声――極道者の声だった。

「失礼します」

小倉課長は、ドアを開けて、しっかりと腰を折る礼をした。小倉は明らかに礼儀に気をつけていた。

サラリーマンもたしかに礼儀には気を配る。しかし、小倉の態度はそういう気のつかいかたとは異質だった。

極道の世界の礼儀作法だった。

渉外対策室には、たったひとつの机しかなかった。来客用の豪華な応接セットがあり、続き部屋に秘書のような社員が何人かいるようだった。

佐伯は、その大きな机の向こうにいる男を見て、テロ・ネットワークの中心人物は彼であることを感じ取った。

毛利谷一家の紀野が会いに来たのも、他の役員ではなく、この男だと思った。

「これが、お話しした佐伯です」

小倉課長は言った。

渉外対策室の男は、重々しくうなずいた。

「梅本《うめもと》だ……」

彼は名乗った。

逞しい体つきをしており、なおかつその上に肉が付き貫禄《かんろく》があった。目は、常に眩《まぶ》しげに細められている。その奥が冷たく底光りしている。

ヤクザ者の経験を物語る眼だった。年齢は五十代の前半だろうか。この年齢のヤクザ者は、たいていは、すでに親分クラスだ。

梅本もどこかの組の貸元かもしれないと佐伯は思った。

佐伯は梅本を知らなかった。東京の主だった極道者ならたいてい彼は知っていた。東京のヤクザではないのだろうと佐伯は思った。

梅本は自分のことを知っているだろうか。佐伯はそう思い、警戒した。

梅本の表情からは何もうかがい知ることはできなかった。

「社外で起こるさまざまな問題を片づけるのが私の仕事だ」

梅本は言った。押し出しの強い迫力のあるしゃべりかただ。「警察とのやりとりも私の仕事だ。ふたりの作業員がつかまったそうだが、何があったのか詳しく話してくれ」

「不法投棄に反対する住民や環境団体の連中がダンプカーの前に立ちふさがりました。シロウとシュウジは、その連中を追いやろうとしました。住民のひとりがスコップでふたりに殴りかかり、それから、乱闘状態となりました。住民が一一〇番したらしく、警察が駆けつけ、シロウとシュウジは、連行されました」

「君はどうしてつかまらなかった?」

「なんといっても、初めての仕事でしてね……。突然乱闘になったのでびっくりしてしまって……。私は、隅っこで呆然としていたのです。警察が来たので私は慌てて隠れました」

「住民はつかまったのかね?」

「さあ……。じっと隠れていたので、そのへんのことは……。とにかく、ダンプを持ち帰るのがやっとで……」

「大切な会社の車を持ち帰ってくれたことは評価しよう……」

「どうも……」

梅本室長は、ちらりと小倉課長を見た。その視線は意味ありげだったが、何を意味しているのか佐伯にはわからなかった。

「シュウジとシロウ、それにマモルの三人は、会社のために実によく働いてくれた。だが、今、マモルは、関西に出張に出ているし、シュウジとシロウは栃木県警の黒磯署にいる。どういうわけかふたりと一切連絡が取れないので、いつ彼らが帰ってくるのかわからない。そこで、彼らがやっていた仕事を君にやってもらおうと思うのだが……」

「もちろん、そのために雇われたのですから……」

「いや、シュウジたちがやっていた仕事というのは、会社の表の業務とは別なんだ」

「は……？」

「君は、総務部長に、腕に自信があると言ったそうだね？」

「ええ、まあ……」

「君に頼もうと思っているのは、そういう腕力や度胸がものをいう分野なのだ」

「どうも、お話がよくわかりませんが……」

佐伯は、小倉課長の顔を見た。小倉は冷たく佐伯を見返しただけだった。

梅本が言った。

「裏の稼業だ。暴力の専門家なのだよ」

「具体的にはどんなことを……？」

「マモルは、関西に出張していると言った。だが、実は、彼は、ある人物を消しに行ってるんだ」

梅本はこともなげに言った。日常業務の話をするのとまったく同じ口調だった。

佐伯は驚いた。話の内容に驚いたわけではない。梅本が自分にそんな話を始めたことに驚いたのだ。

こんなにあっさりと、テロ・ネットワークの話を聞けるとは思ってもいなかったのだ。

「消しに……？」

佐伯は驚いた表情のまま尋ねた。「殺しにという意味ですか？」

「そうだ。神戸に新東西造船という造船会社がある。関西では一流の企業だ。関西のある組が総会屋がらみで新東西造船ともめている。マモルは、依頼を受け、その新東西造船の重役を消しに行ったのだ。企業テロだよ」

梅本の表情は凄みを増していた。「さて、そこでだ……。君がそうした仕事をやる気があるかどうかだが……」

佐伯は短い間を取ってからこたえた。

「話を聞いてしまったからには、断れないでしょう」

初めて梅本がかすかに笑った。

「なるほど、小倉が見込んだだけあって、度胸がすわっている。では、特別な任務があるまで、通常通り小倉の下で働いていてくれ」

（小倉が見込んだだって）

佐伯は礼をしながら思っていた。（いったい、どういうことだ？）

小倉がまず戸口へ行き、佐伯に先に出るように言った。佐伯が出ると、小倉は丁寧に一礼してドアを閉めた。

小倉は、何も言わず、階段を下って行った。

13

佐伯涼は、席に戻ったが、とりあえず何もすることがなかった。

小倉課長は、しきりに電話でやり取りをしている。解体作業が計画より遅れているといった問題や、廃棄物処理の依頼条件などを話し合っている。

佐伯は、トイレにでもいくような素振りでさりげなく席を立った。

小倉課長はそれに気づいた。

小倉は、心の中で言った。

(警察にガセの情報を知らせに行け。そのとき、おまえの利用価値も終わる)

彼は、部下のひとりに目配せした。作業員のひとりで、裏の稼業にたずさわっている部下だった。

その作業着姿の部下はうなずいて立ち上がり、佐伯のあとを尾けはじめた。

佐伯は、警戒せずに会社の外に出た。以前、奥野に連絡するのに使った店の軒先の公衆電話に向かう。

彼は、一刻も早く奥野に連絡が取りたかった。テロ・ネットワークの標的は、典量酒造ではなく、新東西造船だった。彼は、そう信じたのだ。疑う理由はなかった。

おそらく今頃、大阪府警では、典量酒造の役員を警備するために多くの人員を割いているはずだった。

佐伯は、公衆電話にカードを差し込み、ダイアルした。

相手が出ると、彼は言った。

「奥野刑事を……」

「チョウさんですか？　僕です。奥野です」

「やつらの標的がわかった。典量酒造じゃない。新東西造船だ」

「それ、ガセネタです」

「何だって……？　どういうことだ？」

「いいですか？　よく聞いてください」

奥野は、内村から聞いた話を正確に伝えた。佐伯は、話を聞いているうちに、自分の警戒の足りなさが恥ずかしくなってきた。

梅本に呼び出され、テロ・ネットワークの仕事をやれといわれたときに気づくべきだったと、彼は思った。

どこの馬の骨ともわからない中途採用の人間に裏の稼業をやらせるはずがないのだ。

「チョウさん」

奥野が言った。「話は理解できましたか?」

「ああ……。内村所長に情報を提供したのが誰かもだいたいわかる。人間、あちらこちらで恩を売っておくもんだよな……」

「何のことです?」

「いいんだ。では、ターゲットは、やはり典量酒造なのだな」

「そう考えていいと思います。チョウさん、今、保津間興産の外ですか?」

「そうだ」

「保津間興産へは戻らず、そのまま逃げてください。戻ると危険です」

「ああ、危険だな……」

「チョウさん、何を考えているんです?」

「やつらは、俺を騙せたと信じている。やつらの裏をかくチャンスだ」

「だめですよ、チョウさん。あとは警察に任せてください」

「俺だって警察官だ。手帳を持たない今はその確信は持てないがね……」

「待ってください」

間があって、緑川部長刑事の声が聞こえた。

「佐伯、無理はするな」

「無理だと思ったらやらんさ」

「せめて、俺たちのバックアップ態勢が整うまで、身を隠していてくれ」

「俺は騙されているふりを続けなければならないんだ」

「強情なやつだ……。わかった。俺たちも対応を急ぐ。内村所長にも連絡を入れておいてくれ」

「わかっている」

「あの所長だがな……。妙な噂を聞いた」

「何だ？」

「あの人の情報源のひとつに警察官僚がいるというんだ」

「警察官僚……」

「まあ、今はこんな話をするときじゃないな……。いいか、くれぐれも無茶はするな」

「ああ、気をつけるよ」

佐伯は電話を切り、すぐに『環境犯罪研究所』に掛けた。白石景子が出て、間を置かず内村に替わった。

「奥野から聞きました」

佐伯は言った。「ミツコからの情報ですね？」

「そうです」

「さっき、テロ・ネットワークの担当者に会いましたよ。梅本という男です。スカウトされました」

「優秀な人材というのはいつどこでも不足しているものです」

「スカウトしたのは、俺を罠にかけるためですよ」

「わかっています。すぐに研究所に戻ってください」

「今が最大のチャンスです。彼らは俺が騙されていると思い込んでいる。奥野たちがバックアップ態勢を急ぐと言ってくれています」

「あなたにお渡ししなければならないものがあるのです」

「何です？」

「それは、見てのお楽しみですね」

「無事戻れたら受け取りますよ。では、そろそろ会社に戻らないと……」

「どうしても保津間興産に戻るのですね」

「はい。俺は、今、久しぶりにいい気分なんです。心身がきわめて充実していますす」

「困った人です」

内村のほうから電話を切った。

佐伯は受話器を戻し、首を動かさないようにして、周囲の様子をうかがった。

ここに来るまでとは別人のように用心深くなっていた。

五感が研ぎ澄まされる。

視界がクリアになり、なおかつ視野が広がったような気がした。かすかな音も聞き分けられる。

周囲のわずかな動きに敏感になっていた。これが本来の佐伯だった。

佐伯は、細い道の両脇にあるブロック塀の陰に灰色の影がちらりと動くのに気づいた。佐伯と同じ制服であることは間違いなかった。

佐伯は尾行されていたことに気づき、かすかに笑いを浮かべた。

（プロの俺が尾行されて気づかなかったとはな……）

彼はいかに自分が無防備だったかに気づいた。

(所長や奥野が心配するのも無理はないな……)

佐伯は、公衆電話を離れぶらぶらと散歩するような調子で会社へ引き返した。

尾行をしていた作業員がさっと塀の向こうに隠れた。

(そういうときは、俺が戻る道ではなく、迂回して反対側で待つものだ)

佐伯は心のなかで、尾行者に言ってやった。


席に戻ると、すぐに小倉課長が佐伯を呼んだ。

「どこに行っていた?」

「ちょっと、煙草を買いに……」

小倉課長は、佐伯を睨み付けるように見ていた。さきほどまで気づかなかったが、その眼には、明らかに憎しみの色がある。

当然だ、と佐伯は思った。今や、シュウジとシロウがつかまったのは佐伯のせいであることを、小倉課長は悟っているはずだ。佐伯の正体を知っているのだ。

小倉は保津間興産の会社名が入ったA4サイズの封筒を机の上に置き、言った。

「これを、毛利谷総業まで届けに行く。大切な書類だ。おまえ、付き合ってくれ」

さきほどまでの佐伯ならばうろたえただろう。だが、今では、相手の目論見がわかっていた。

佐伯を始末するのは、保津間興産ではない。毛利谷一家の常道等組長がそれを承知するはずはない。

毛利谷一家で始末しなければ、常道等の腹の虫がおさまらないはずだと佐伯は思った。

「毛利谷総業ですか？」

佐伯は、困惑するふりをした。「何ですかそれは？」

「うちの親会社みたいなもんだ。おまえも顔を売っておいたほうがいい」

小倉は言った。

小倉課長がどんな気分でいるか、佐伯にはわかるような気がした。

彼は、残忍な喜びに浸っているはずだ。佐伯を処刑場に連れ込むのだ。小倉は、佐伯が毛利谷総業と聞いて困惑しているものと信じているのだ。

佐伯は、もちろん、毛利谷総業を知っていたが、知らない芝居をすることが大切だった。

小倉は、佐伯が芝居をしていることを知っている。佐伯も彼らに騙されているのだというふりをする必要がある。

小倉課長が封筒を持って立ち上がり出口に向かった。佐伯はそれに従った。ふたりとも作業服のままだった。

小倉は駐車場脇の配車係に使える車を尋ねた。会社名が入ったステーションワゴン車が空いていた。

小倉と佐伯は、そのステーション・ワゴンに乗ってすぐに会社を出た。高速六号の下を走り、環七を右折した。

佐伯は何とか、奥野や内村と連絡を取りたかったが、そのチャンスはなさそうだった。

彼は覚悟を決めた。再三にわたる内村の潜入中止の指示に逆らったのだ。あとは、独力でなんとかするしかなかった。

奥野たちは、保津間興産に向かっているのだろう。入れ違いだ。

運がよければ、奥野たちは佐伯が毛利谷一家に向かったことをつきとめるだろう。運がなければ、死ぬしかない。

だが、佐伯は、ただで死ぬ気はなかった。死ぬ前に、なんとかテロ・ネットワークと毛利谷一家に一矢報いようと考えていた。

問題はその方策だった。

車のハンドルは、小倉が握っている。車のなかでは小倉とふたりきりだ。何とか逃げだそうと思えばやれそうだった。しかし、佐伯は逃げだす気はなかった。彼が毛利谷一家に行かなければ、毛利谷一家と保津間興産のテロ・ネットワークのつながりが明らかにならないのだ。

彼はそうした責任感を感じていた。もとはといえば、内村に命じられた潜入だった。だが、今や佐伯の問題になっていた。

彼は、もうあとには引けないのだ。

佐伯は覚悟を決めたことで腹が据わり無口になっていた。

小倉はそれを、緊張と思っていた。佐伯が恐怖におののいているのだと考えたのだ。

小倉は、佐伯の悲壮な表情を横目で盗み見て、気分をよくしていた。

小倉は、車を毛利谷ビルの地下駐車場に入れた。

小倉も佐伯もまったく口をきかなかった。これから佐伯を始末するということで小倉も緊張しているのかもしれない。

小倉はヤクザ者だから、人を殺すことなど何とも思っていない。佐伯を殺すことで緊張しているわけではない。紀野から言われた仕事をつつがなく済ませることができるかどうかを心配しているのだ。

小倉は、受付を素通りした。

受付にいたふたりの女性は、とがめなかった。

エレベーターで七階まで昇る。

小倉と佐伯が秘書室にやってくると、紀野が立ち上がった。

紀野は無言で佐伯を見た。

「どうぞ、こちらへ……」

奥の机からそう声を掛けたのは、秘書室長の坂巻良造だった。本家代貸だ。

小倉は坂巻の机に近づき、腰をしっかりと折る礼をした。

「佐伯を連れてまいりました」

小倉は言った。

もちろん佐伯は坂巻良造のことを知っていたし、坂巻も佐伯のことを知っていた。

坂巻は、きわめて物静かな口調で言った。

「囮《おとり》捜査や潜入捜査は禁止されているはずです」

坂巻良造は芝居じみた言い回しなど一切しなかった。

小倉は、多少の演出を期待していたかもしれない。潜入していたつもりの佐伯がうろたえる様を見たかったはずだ。

坂巻の態度は、小倉を多少失望させたようだった。

「何のことかな……」

佐伯は言った。「俺は警視庁をやめて失業した。職を探していたら、知り合いが口をきいてくれるという。だから、保津間興産に履歴書を持っていったんだ」

「あなたは、『環境犯罪研究所』という環境庁の外郭団体に出向しているはずです」

「所長と折り合いが悪くてね……」

「あなたが、たまたま保津間興産に就職しただけだというのは認めてもいい。だが、産業廃棄物を投棄に行ったさきで、作業員ふたりを警察に逮捕させたのはどういうわけでしょう?」

「とんだ言いがかりだ。課長にも説明した。俺は仕事に慣れていなかった。乱闘になり、俺はうろたえて隅っこに隠れていたんだ」

「乱闘になって、隅っこに隠れている」

坂巻はにこりともせずに言った。「面白い冗談だ。あなたはそんな人間ではないはずだ。何せ、わが坂東連合傘下の団体を三つも解散に追いやっている。刑事時代に、あなたに病院送りにされた極道は数知れない」

小倉が、意外そうな表情で佐伯を見た。小倉は佐伯がそれほどの男とは思っていなかったのだ。

彼は、佐伯を本家に連れていけば、おろおろと泣き言を言いだすのではないかと期待していたのだ。

「過去にはそのようなことがあった。だが、俺は人生を考え直したんだ」

「結構。だが、人は過去をそう簡単にぬぐい去れるものではありません。そして、私たちは過去にこだわる人種なのです」

「なるほど……。恨みを忘れないという意味だな……」

「ここに来ていただいたのは、社長がお会いしたいと申しておるからです」

「ほう……。常道組長が……?」

小倉はまたしても驚いていた。

常道等というのは、坂東連合の頂点に立つ大物だ。その常道が佐伯と会いたいと言っている。つまり、佐伯もそれだけの大物ということになる。

「ちょっと待っててくれ、社長にあなたが来たことを知らせてくる」

坂巻良造は、立ち上がった。極道独特の崩れた感じがどこにもない。彼は、服装、話し方から、身のこなしまですべて一流のビジネスマンだった。

佐伯は、一瞬、奇妙な錯覚を起こしそうになった。

自分が何かの商談にやってきているだけのような気がしたのだ。だが、それは、危険な兆候だった。佐伯は、自分を戒めた。

(坂巻良造のムードに乗せられてはいけない。テロ・ネットワークのことを聞き出し、脱出するチャンスがあれば、それに賭けるんだ)

やがて、坂巻良造が戻って来た。

「どうぞ、佐伯さん、こちらへ。社長がお会いするそうです」

さすがの佐伯も、常道に直接会ったことはなかった。常道はそれほどの大物だった。

佐伯は、緊張を抑えることはできなかった。


「ちくしょう……。首都高はどうしてこんなに何時《いつ》も混雑してるんだ」

奥野は、覆面パトカーのハンドルを握っていたが、渋滞に苛立った。

警視庁から保津間興産に行くには、首都高の環状線から六号に抜けるのが一番の近道だった。

しかし、環状線が混んでいた。首都高のなかで、サイレンを鳴らし回転灯を光らせても何の役にも立たない。車が二車線にわたってぎっしりで、身動きが取れないのだ。

助手席の緑川が言った。

「次の出口で降りろ。下で行こう」

奥野は、新京橋ランプで高速を降りた。

一般道に出たとたん、緑川は、助手席の窓を開け、回転灯をルーフに取り付けた。

「サイレンを鳴らせ」

緑川は言った。

奥野は、即座にその指示に従った。突然、回転灯を光らせサイレンを鳴らしはじめた覆面車に、周囲のドライバーはぎょっとした。

奥野は、車と車の間を抜け、赤信号を素通りしながら、足立区神明二丁目に向かった。

彼らは、あらかじめ、捜査本部に警察隊を待機させるよう要請をしていた。捜査本部では所轄の署に連絡を取っているはずだ。

今頃、若い警官たちが、出陣を待って血気にはやっているはずだった。

一般道におけるサイレンと回転灯の威力はたいしたもので、車は、高速を降りてから二十分ほどで、保津間興産に着いた。

「さて、打合せどおり、佐伯を重要参考人でしょっぴくぞ」

緑川が言った。

佐伯を連れだすには、それしか手はなかった。保津間興産の連中は、佐伯が警察とグルであることを知っている。だが、警察が連行しようというのを邪魔はできない。いざとなれば、公務執行妨害で邪魔した連中をすべて緊急逮捕するつもりだった。

「チョウさんは文句を言うでしょうね」

奥野は言った。

「文句を言えるのも生きてるからだと言ってやればいい。これ以上は危険過ぎる」

奥野と緑川は、保津間興産の玄関を潜り、一階で佐伯に会いたいと言った。

応対に立った社員は、出掛けていると言った。緑川は警察手帳を出して、居場所が知りたいと言った。

応対に立った社員は、ヤクザ者ではない。保津間興産の表の社員だった。彼は、行き先は知らない。ただ、課長といっしょに出ていったと言った。

緑川は嫌な予感がした。奥野も同様だった。

「誰か、佐伯の行き先を知っている者はいないか？」

緑川は一階中に響く声で言った。こたえる者がいるはずもない。

緑川は、奥野に言った。

「『環境犯罪研究所』に電話をかけてくれ。内村所長に連絡が入っているかもしれない」

奥野は、携帯電話をポケットから取り出した。

その間、緑川は、突然の刑事の訪問で緊張感がみなぎっている一階をじっと観察していた。

14

奥野は、玄関の出口側に寄って、『環境犯罪研究所』に電話をかけた。

白石景子の声がして、一瞬ときめいたが、今は世間話をしているときではなかった。

「内村所長をお願いします」

「お待ちください」

ややあって、内村の声がした。

「奥野さんですか？　何かありましたか？」

「佐伯さんから連絡は入っていませんか？」

「あなたから話を聞いたという連絡がはいりました」

「それはいつごろです？」

「四十分ほど前です」

「僕たちが庁舎を出る前だな。おそらく、僕のところへ電話した直後にそちらにかけたのです。その後は、連絡はないのですね？」

「ありません。どうしたのです？」

「いま、僕たちは、保津間興産に来ています。佐伯さんは出掛けているというのですが、ここの人たちは行き先を言いたがらないようなのです」

「誰かを締め上げて尋ねてみるといい。警察はそういうことが得意でしょう？」

「いざとなれば、そうするでしょうね……。だが、できれば穏便に済ませたい……」

「もし、佐伯さんが連れだされたとしたら、行き先はだいたい見当がつきますね」

「どこです？」

「一番、行ってほしくないところです」

「そうか……。毛利谷総業……」

「おそらくね……」

奥野は電話を切った。

緑川に耳打ちする。

「佐伯さんは、毛利谷一家に行ったのではないかと内村所長は言っています。僕もそう思います」

「なるほど……。もし、佐伯が毛利谷に連れて行かれたのだとしたら、あいつは、毛利谷とテロ・ネットワークのつながりを証明できるかもしれない。そういう意味でも、あいつを殺させるわけにはいかないな……」

緑川は、出口に向かった。奥野がそれを追った。

ふたりは覆面車に急いだ。車に乗ると、奥野がすぐさまエンジンを掛けた。緑川は、無線のマイクを手に取った。

緑川は、無線で捜査本部に連絡を取った。佐伯が毛利谷に監禁されている恐れがあると伝えた。

「急げ」

緑川はマイクをフックにかけると、奥野に言った。「佐伯に死なれると、一生祟《たた》られるぞ」

突然、所長室のドアが開き、白石景子は顔を上げた。

「出掛けます」

「お戻りは？」

「さあ、ちょっとわかりません。かまわないから、定時で引き上げてください」

内村は、革のブリーフケースを下げていた。その中に何が入っているか、白石景子は知らなかった。

所長が突然出掛けるというのは、たいへん珍しいことだった。

白石景子は、不吉なものを感じたが、何も言わなかった。何を尋ねたところで意味がないことを知っていた。

内村はいつになく慌てた様子で研究所を出ていった。

白石景子は、定時で帰れと言われたが、その言いつけには従わず、内村が帰ってくるまで待つことにした。そのときには、詳しい話が聞けるに違いないと思った。


内村は、地下鉄に乗った。都内をタクシーで走り回るより、電車を利用したほうが早いということを内村はよく心得ていた。

彼は、毛利谷一家に出向いて、何ができるか冷静に考えようとしていた。佐伯の助けになることはあまりできそうにない。

だが、彼に会わなければならないと内村は考えていた。

今、会わなければ、永遠に会えなくなるような気がしていた。

（それがどうしたというのか……）

内村は、吊り革につかまって立ち、そう心のなかでつぶやいてみた。（人材はまた探せばいい……）

そういう冷徹な考え方が、彼の立場には必要だった。彼は、純粋に国のために働いているという誇りを持っている。

組織のために生きるのはばかばかしいという考え方もある。だが、内村は、国のために働くと決めたのだ。国を少しでもよくするために、自分の持てる能力をすべてつぎ込もうと考えていた。

そして、これまで、それを実行してきた。だが、今、佐伯のことを考えると、冷たい考えに徹することはできそうになかった。

（これが人間の限界であり、いいところでもある……）

社長室のドアを開けたのは、坂巻良造だった。

坂巻は、先に部屋にはいり、佐伯を促した。

どっしりとした大きな机の向こうに常道等がいた。部屋のなかは、佐伯には馴染みの雰囲気だった。

暴力団の組長が好む、見せ掛けのストイックさを感じさせる。

常道等は、目を細めて佐伯を見ていた。坂巻良造は、佐伯を見ても、まったく感情を表に現さなかった。

だが、常道はそうではなかった。

佐伯を憎んでいるのは明らかであり、むしろひっそりとした表情が、かえって怒りの深さを感じさせて不気味だった。

坂巻と佐伯は並んで常道の机の前に立った。

「佐伯涼……」

常道は、感慨深げにつぶやいた。「初めて会った気がしないな……」

佐伯は、気押されそうになるのをなんとかこらえていた。

「そう。いろいろあったからな」

「わが、坂東連合の組が三つもおまえに潰された。刑務所《ムショ》や病院送りになった組の者は数知れない……」

「俺は、坂東連合の連中に、親戚を皆殺しにされた。そのなかには、三歳の子供もいた」

「ほう……。そうかね？」

常道等はかすかにうれしそうな笑いを浮かべた。「では、それをやった連中に褒美をやらなくてはならないな……」

「その組は俺が叩き潰したよ」

「ふん……。昔話はこれくらいでいい。保津間興産で何をしていた？」

「働いていたさ」

「ふざけるな。作業員ふたりが栃木県警につかまった。おまえのしわざだろう？」

「あいつらは自業自得だよ。何でも、反対派住民の家に火をつけたんだそうだ」

「何を嗅ぎ回っていた？」

「中途採用されただけだといっても信じてくれないんだな……」

「おまえの目的はだいたいわかっている」

「だったら訊くことはない」

「俺たちの地下のネットワークのことが気になるんだろう？」

「そう。たしかに気になるな……」

「おまえは、梅本に呼ばれた。梅本から聞いた話を信じて、それを警察かどこかに伝えたはずだ」

　常道等はいっそううれしそうな顔になった。「それが、にせの情報だとも知らずにな……」

「ほう……。にせの情報……」

「そう。俺たちが狙っているのは、新東西造船などではない。典量酒造なんだよ」

「そんなことをぺらぺらしゃべっていいのか？」

「かまわんさ。おまえは死ぬんだ」

「なるほど……。どうせなら、すべてを聞きたいな……」

「冥土の土産というやつか……。いいだろう……。おい、坂巻、教えてやれ」

「社長。それは、ひかえたほうが……」

「かまわん。どうせ、こいつは死ぬんだ。ネットワークの全容を知ったところでどうすることもできない。悔しがりながら死んでいくんだ」

坂巻は、あくまでも反対だった。常道等の感情的な振る舞いが、何か失敗に結びつくかもしれない。そんな気がしたのだ。

「どうした。説明してやれ。それとも、おまえは、佐伯を逃がすつもりなのか？」

「その心配はありません」

「なら、話せ」

「わかりました」

坂巻は、佐伯のほうを見ずに話しはじめた。「指定団体傘下の組は、次々と解散に追いやられています。暴対法と不況のダブルパンチを受けたせいです。組が解散したからといって、その構成員がいなくなるわけではありません。職を失った極道が全国にあふれているのです。一方で、トカレフなどの拳銃は、だぶつくらいに国内に入ってきています。かつて、組員ひとりに一挺といわれた拳銃は、いまや、ひとりあたり三挺ともいわれています。こうした状況を利用しない手はありません。私たちは、恨みや面子のために危険を冒してヒットマンを送る仕組みを考え直しました。つまり、交換テロです。それを組織的に行うためのキーステーションを保津間興産に置きました。担当者は、佐伯さん、あなたもお会いになった梅本という男です。梅本は関東では顔が売れていない。もともと福岡にいた男です」

「ひどく不愉快な話だな。警察をなめているとしか思えない」

「なめられてもしかたがない現状でしょう。発砲事件は毎日起きている。かつてのように組員同士の撃ち合いじゃありません。一般人が犠牲になっているのです。それを警察はどうすることもできない」

「そう思っているがいいさ」

「事実、銀行の支店長殺しは、実行犯の逮捕はおろか、私たちのところまで警察の手は及んでもいません」

「安心していていいのかな?」

「実態はつかめませんよ。それが、組織ではなくネットワークの強みです。仕事が入るたびに、電話一本でフリーランスの殺し屋を雇うことができる。保津間興産が殺し屋を常時抱えている必要はないのです。さきほども申したように、仕事のない元組員は全国にあふれています。電話一本でつながりができる。それがネットワークなのです」

「だが、あんたたちは、典量酒造の役員を襲撃する仕事に保津間興産の人間を送り込んだ。フリーランスを使わなかったじゃないか?」

「越前守のことですか? そう。大切な仕事には、信頼できる人間を使います。ケース・バイ・ケースなのです。それがまた、ネットワークのいいところです」

「なるほど組織を維持するには、金もかかる。組織が大きくなるとそれだけ摘発される危険も増える。そこで、ネットワークという構想を持ったわけだ。賢いな。誰が考えた?」

坂巻良造は何も言わなかったが、常道が代わりにこたえた。

「その坂巻だよ。じっさい、この男は切れる」

「そうだな……」

佐伯は言った。「ヤクザにしておくのは惜しい」

「さて、私は忙しい。おしゃべりをしている時間はない。会見はこれで終わりだ。おまえが死ぬところを見られないのは残念だが、そんなことに付き合っているわけにもいかないのだ。あとは、坂巻に任せることにするよ」

常道は、まるで、佐伯が死ぬことがたいしたことではないような言い方をした。じっさい、彼にとっては他人の生き死になどどうでもいいのかもしれない。

坂巻は一礼して、佐伯に言った。

「どうぞ、こちらへ……」

坂巻は、社長室を退出し、佐伯はそれに従った。外へ出るとき、佐伯は振り返って常道に言った。

「今度会うときは、あんたの命運が尽きるときだ」

常道は言った。

「残念だな。そういう機会は絶対にやってこない」

内村は、毛利谷総業ビルの正面に立っていた。どうすべきか、彼は迷っていた。こうしたことには、驚くほど無知であることを自覚した。

受付に行って、「佐伯という者がこちらにお邪魔しているはずだから、呼んでほしい」と告げるのはあまりにも愚かに思えた。

今、のこのこと内村が乗り込んでいったら、かえって佐伯の邪魔になるような気がした。

彼がこれほど不合理な行動を取るのはたいへん珍しいことだった。

内村は無力感を抱いたまま、ブリーフケースを片手に下げ、毛利谷総業ビルの前に立ち尽くしていた。


緑川は、再び回転灯をルーフに取り付け、サイレンを鳴らした。

奥野は、慎重に車の間を縫って進んだ。やがて池袋に近づき、緑川は、回転灯をひっこめた。

パトカーは、覆面車に戻り、ひっそりと毛利谷総業ビルに近づいた。

ビルの周りは違法駐車だらけで、なかなか車を止める場所が見つからなかった。

突然、緑川が言った。

「おい、あれを見ろ」

奥野は、前後と右側の車に注意を配りながらも、緑川が指さすほうを見た。

「内村所長じゃないですか」

奥野は言った。「こんなところで何をしてるんだ?」

「とにかく車を止めるんだ」

「駐車する場所がありませんよ」

「ビルの駐車場につっこんじまえ」

奥野は言われたとおりにした。

駐車場の半分は会社のためのスペースで、あとは時間制の有料駐車場になっていた。

奥野は、辛うじて空いていたスペースに覆面車を滑り込ませた。

緑川はもどかしげに身をよじって、車から降りた。となりの車との間隔が狭く、ドアが充分に開かなかった。奥野も同様だった。

ふたりは、車からでると、地上へ走った。ビルの角から、内村のほうを見る。

内村が自分たちに気づくのをふたりは待った。内村がふたりのほうを見た瞬間を逃さず、緑川は手を振った。

内村は気づいた。

さり気ない足取りでふたりのほうに近づいてくる。

「ここで何をしている？」

　緑川が尋ねた。

「佐伯さんにどうしても届けたいものがあったのです」

「佐伯はここにいるのか？」

「さあ、まだ確認していません」

「とにかく、へたなことをしてくれなくてよかったよ」

「何もできませんでしたよ」

　内村は正直に言った。「実は途方に暮れていたところです」

「地下の駐車場に車がある。とりあえず、そこへ行って、情報の交換をしよう。奥野、おまえさん、ここで見張っていてくれ」

「わかりました」

　緑川は奥野から車のキーを受け取り、内村と、地下に向かった。地上で立ち話をするよりはいい。毛利谷一家には、緑川の顔を知っている者もいるかもしれない。

　覆面車に向かう途中で、内村が立ち止まった。

「どうした？」

　緑川が尋ねた。

「やはり、佐伯さんはこのビルにいるようです。その可能性が高まりました」

緑川は、内村の視線を追った。

その視線の先には、保津間興産の名前入りのステーション・ワゴンがあった。

保津間興産の車は一台だけだった。

緑川はうなずいた。

「どうやらそのようだな……」

ふたりは覆面パトカーに乗り込んで今までつかんだ情報を照らし合わせ始めた。


「さて、そろそろ出掛けることにしましょうか？」

坂巻が言った。

「どこへ行くんだ？」

佐伯が尋ねる。

坂巻は時計を見た。実に淡々とした態度だった。

「社内であなたを殺すわけにはいきませんよ」

坂巻は、紀野にうなずきかけた。紀野は、即座に立ち上がって外出の準備を始めた。

小倉課長が嬉しそうに言った。

「そのために、保津間興産から車を持って来たんだ。おまえは、会社の車で事故死するんだ」

「余計なことを言わないでください」

坂巻がひどく冷たい口調でいい、小倉は身をすくめた。

坂巻は、社長が余計なことを佐伯に教えたがったことに苛立っていたのだ。

計画に百パーセントはありえない。どんなリスクも最小限に抑えておくべきなのだ。坂巻には、そうした心得があったが、常道はそうではなかった。

「兵隊は連れていかないのか？」

佐伯は坂巻に言った。「俺はけっこう手ごわいぜ」

坂巻はまったく取り合おうとしなかった。「車にそう大勢は乗れませんよ」

「紀野さんがいれば、問題ないよ」

小倉課長が言った。

佐伯は紀野を見た。紀野は、ひっそりと無表情だった。佐伯は、紀野の評判を聞いていた。

おそろしく残忍で腕が立つ。紀野が得物《えもの》を持っていたらひどく厄介だった。そのうえ、小倉もいる。彼だって素人ではない。
しかも、彼らは銃を持っているかもしれないのだ。
佐伯は肩をすくめて見せた。
坂巻がまず歩きだし、紀野が佐伯の肩をぐいと押した。佐伯が歩きだす。
紀野と小倉がその後に続いた。

15

緑川と内村は、互いの情報を交換しあって、特に目新しい事柄がないことを知った。佐伯は、双方に情報を伝えていた。

「こうした場合、どうすべきなのですか？」

内村が緑川に尋ねた。緑川は内村をしげしげと見つめて言った。

「あなたは不思議な人ですね……」

「どうしてです？」

「さきほども、あなたは自分で途方に暮れていると言った。そして、今、どうすべきなのか私に尋ねた……」

「わからないことは尋ねるのが当然でしょう」

「官僚というのはそういう人種ではないと思っていたのです」

「官僚のあやまったエリート主義が日本という国の健全な発展を阻害しているのです。現場のことは現場の人間にしかわからない」

「警察官僚に聞かせてやりたい……。質問にこたえましょう。強硬に踏み込んでもいい。だが、それは人質が佐伯ではない場合です。私たちは令状を持っていないので、強攻策をとったら、後々面倒なことになるかもしれない。今は、様子を見るのが一番だと思います。連中は必ずアクションを起こします」

「社内で佐伯さんが殺されるようなことがあったら？」

「私は、社内では殺さないほうに賭けますよ」

「私は、危機管理で賭けはしたくない……」

緑川は急に身を乗り出した。

「私は賭けに勝ったようだ。見てください、出てきました」

内村は緑川が見ているほうに視線を向けた。佐伯がいた。

「本家代貸の坂巻良造に、若衆頭《カシラ》の紀野一馬だ。あとのひとりは知らない顔だが、佐伯と同じ制服を着ているから、保津間興産の人間だろう。あの面構えは極道だな……」

緑川が早口で言った。

佐伯を含めた四人は、保津間興産の社名が入ったステーション・ワゴンに近づいた。

「逃げ出すなら、今がチャンスなのだがな……」

緑川がつぶやいた。

「え……?」

「やつらはおそらく、保津間興産の車を利用する。佐伯を始末したあと、保津間興産の車ごと海に沈めるか、どこかに激突させるかして事故に見せかけるつもりなんだ……」

「なるほど……。ここで騒ぎが起こったほうが、警察にとっても都合がいい」

「そういうことだが、そのためには、佐伯に水を向けてやらなければならない。さて、あなたは、ここにいてください。危険ですからね……」

緑川は、ドアの取っ手に手を伸ばした。


佐伯は、緑川と同様、今逃げだすのが一番だと考えていた。だが、ここは、毛利谷一家の牙城だ。

たったひとりで武器もなく逃げだせる可能性はきわめて少なかった。警察の応援が欲しかったが、彼は、奥野も緑川も保津間興産に行ってしまったものと思っている。

紀野が後部座席のドアを開けた。

「さ、乗るんだ」

坂巻が佐伯に言った。

「ちょっと待て……」

そのとき、聞き覚えのある声がして、佐伯は思わずそちらを向いた。

緑川が立っていた。

絶望に傾きかけていた佐伯の心に明かりがともった。なぜそこに緑川がいるのかはわからない。だが、そんなことが問題ではなかった。

「緑川さん……」

坂巻があくまで冷静に言った。「何のご用でしょう？」

緑川が言った。

「ヤクザが一人前に気取ってるんじゃない。俺が用があるのは、おまえらヤクザなんかじゃない。てめえらみたいなやつらとは口をきくだけで人間の価値が下がるんだ。俺が用があるのは、そこにいる佐伯だ」

明らかに緑川は三人のヤクザを挑発していた。

坂巻は、挑発に乗るような男ではない。紀野も腹を立てたが、坂巻の気持ちを考えて耐えていた。

だが、小倉は怒りを露わにした。

「何だと、この野郎。てめえ、何だ？　極道にそういう口きいて、無事でいられると思っているのか？」

「おまえ、今、極道と名乗って俺を脅迫したな？　そいつは害悪の告知といってな、立派に暴対法を犯したことになるんだ。現行犯逮捕だ。こっちへ来い」

「緑川さん……」

坂巻良造が、冷淡な無表情で言った。「私たちは忙しいのですがね……」

「何の用だ？」

「会社の仕事ですよ……」

「佐伯を消そうったって、そうはいかないぞ。そいつは大切な情報源なんだ」

佐伯は、緑川と坂巻のやり取りを聞いて、完全に自信を取り戻していた。

そして、これは、自分が助かるチャンスであると同時に、警察がテロ・ネットワークにメスを入れるチャンスであることに気づいていた。

「佐伯を消す？　何のことです？　彼はうちの系列会社である保津間興産の新入社員です」

「いや、こいつらは、俺を殺すと言った」

佐伯は言った。「殺しを命じたのはこのビルの七階にいる常道等だ。俺はいつどこでも証言するよ。生きていられたらな」

坂巻は、ちらりと紀野を見た。

それはほんとにかすかな合図だった。

次の瞬間、紀野が動いた。

彼は、背広の裾《すそ》をはね上げ、腰のホルスターから拳銃を抜いた。銀色に光るステンレス・モデルのベレッタだった。

佐伯は、その動きに反応した。

というより、紀野が動きだしたときには、すでに佐伯も動いていた。

紀野は、緑川を狙おうとしていた。

坂巻は、最後の手段に出たのだ。佐伯と緑川のふたりを片づけようと考えたのだ。

佐伯は反射的にベレッタの9ミリ自動拳銃を持つ紀野の右手を掌打で弾いた。

狙いがそれた。

紀野は引き金を引いていた。初弾はすでに薬室に入っており、銃が発射された。

弾はコンクリートの壁に当たり、跳弾となって、緑川のすぐ脇の車の窓ガラスを割った。

駐車場は、コンクリートの壁と床、そして剥き出しの鉄骨でできている。こんな場所で拳銃を発射されたら、狙いがそれていても、跳弾で大けがをする恐れがある。

佐伯は、二発目を撃たせたくなかった。

接近した状態で銃を撃たれると、銃口が自分のほうを向いていなくても、噴き出すガスや、後退するスライドでおそろしいけがをすることもある。

実際、排莢口《はいきょうこう》から噴き出すガスは、指の一本くらい吹き飛ばすエネルギーがある。紀野の指は引き金に掛かっている。ちょっとした衝撃でも弾が発射される状態だ。

佐伯は、紀野の懐に入った。

中国武術などで、相手の外側に転身してさばく技術があるが、相手が銃を持っている場合は危険だ。

たいていの銃は、右側に排莢するようになっているし、銃を持つ手は、内側に絞るより外側に開こうとするものだ。

日本の武術に見られる、懐に入り込むさばきのほうが有効だ。

佐伯は、長年、銃を持つような連中に対処してきたので、そのことを常日頃考えて訓練していた。

懐に入ると同時に、掌底で紀野の顎を突き上げた。

ノックアウトを狙ったわけではない。一瞬動きを止めればいいのだ。

佐伯の動きはまったく澱《よど》みなかった。掌底で紀野の顎を突き上げるとすぐに、拳銃を持つ手をつかみ、ステーション・ワゴンのルーフの角に叩きつけた。

紀野は、左腕を佐伯の首に巻き付けてきた。すさまじい力で締め上げてくる。

佐伯は、しっかりと顎を胸にひきつけるようにして何とかこらえていた。

つかんだ相手の右手を放す気はなかった。今、音《ね》を上げてしまったら、すべてが終わる。緑川も佐伯も殺されてしまうのだ。

そこは、街中ではあるが、毛利谷一家の城の中であることも間違いない。紀野も坂巻も殺すことをためらわないはずだった。

佐伯は、頸動脈を締められたために、視界が狭くなってきた。きらきらと光る無数の星が、次第に暗黒の部分を増やしていく。

歯を食いしばって、紀野の右手を再びルーフに叩きつける。

紀野はまだ拳銃を放そうとしない。しかし、したたかな打撃を与えることによって、握力がなくなっていくことを佐伯は知っていた。

三度目でようやく紀野は拳銃を取り落とした。

ベレッタの9ミリ自動拳銃のような最近の軍用拳銃は、薬室がしっかりとガードされているため、落としたくらいでは暴発しないといわれている。

だが、佐伯は、拳銃が落ちてしばらくするまで安心できなかった。

拳銃で撃たれる危機は去ったが、佐伯はじきに落ちてしまいそうだった。すでに、視界は、暗黒に閉ざされている。

佐伯は、左の肘を思い切り後方に突き出した。

紀野は、猿臂《えんぴ》を警戒しており、この攻撃は不発に終わった。

しかし、佐伯が本当に狙っていたのは、この肘打ちではなかった。

肘が不発に終わるや否や、佐伯は、首を勢いよく後方に反らせた。佐伯の頭頂部のやや後ろのあたりが、紀野の鼻と口のあたりに激突した。

頭突きは、たいていの場合大きな威力を発揮してくれる。

紀野の左腕が緩んだ。その隙に佐伯は、再び、狙い澄ました強力な肘打ちを見舞った。佐伯の肘が正確に水月のツボに突き立てられ、紀野は、ひるんだ。

佐伯は、何とか紀野の左腕から逃れることができた。

「野郎！」

小倉課長がわめいた。彼は、落ちていた拳銃を拾おうとしていた。

佐伯には、それが見えていたが、動けなかった。

落ちかけたダメージが残っており、体が動かない。雲の上を歩いているように足元がおぼつかない。

体が揺れているが、その揺れを止めることができなかった。倒れずにいるのがやっとだった。

脳に血液が回りはじめ、猛烈な頭痛が襲ってきた。

しかし、小倉は、拳銃を拾い上げることができなかった。

緑川が突進し、小倉を突き飛ばしていた。小倉は、よろめいたが、すぐに体勢を立て直し、緑川に組み付いていった。

緑川と小倉は、つかみ合い、もみ合っている。

佐伯は、紀野が突進してくるのを見た。

まだ、夢を見ているような感じだった。体が思うように動かない。

紀野は、滑るように足を進め、フックを飛ばしてきた。

体重が乗った鋭いフックだった。大振りの素人じみたフックではなく、体の回転をうまく利用していた。

（あのパンチを食らうと面倒なことになる）

佐伯は、そう考えていたが、体がうまく反応しない。

次の瞬間、目の前が眩《まばゆ》く光った。

フラッシュを焚かれたような感じだった。そのあと、上下がわからなくなった。

頬骨に紀野の鋭いフックが命中したのだ。続いて、もう一発、今度は、反対側から衝撃が来た。

背中を強く何かで叩かれたような気がした。しかし、何かがぶつかって来たのではなく、ぶつかっていったのは、佐伯の体のほうだった。

彼は、ふらふらと後退して、車に背中をぶつけたのだ。

佐伯は、無意識に頭を振っていた。なんとか、頭をはっきりさせようとする。

幸い、殴られたことでアドレナリンの血中濃度が高まったようだった。ダメージが去るまでの時間が短くなっていた。

体中の血が燃えるような感じがしてくる。佐伯は、紀野が目の前に迫っているのを見た。両手をかざして、首を決めようとしている。

半ば無意識に佐伯の体が動いた。

紀野は、がくんと全身を揺らして立ち止まった。

佐伯は、蹴りを出していた。踵から突き出すような低い蹴りで、見事に土踏まずの部分で紀野の右膝を捉えていた。

紀野の怒りの表情が見えた。

佐伯は、ようやく頭にかかった靄《もや》が晴れていくような気がした。

視界がクリアになっていく。さらに、神経が研ぎ澄まされていくような気がする。

彼の体と精神が戦いのモードに切り替わったのだ。

紀野は膝にダメージを受けたが、折れたり脱臼したりはしていないようだった。

わずかに足を引きずりながらだが、再び、攻撃してくる。

さきほどと同じショート・フックだ。

佐伯は、上体をひねり、その回転を利用して右の掌打を出した。『張り』が紀野の顔面にカウンターで決まる。

しかし、紀野も興奮状態にあるため、『張り』の一発では突進を止められなかった。

佐伯は、右の『張り』を連打した。さらに、そのまま掌を返し、四指の爪のあたりで、紀野の目を掃いた。

「あ……」

紀野は、両手で顔面を押さえて一瞬立ち尽くす。

佐伯にはその一瞬で充分だった。まず、足刀をはね上げるようにして金的を蹴る。紀野は、体をくの字に折り曲げた。佐伯は、左右の『張り』を見舞い、さらにストレートの『張り』を顔面に叩き込んだ。

紀野の膝から力が抜けた。すとんとその場に崩れていく。脳震盪を起こして、踏ん張りがきかなくなったのだ。

紀野が両膝をつくと、ちょうど頭部が中段の位置に来た。佐伯は、迷わず回し蹴りを側頭部に叩き込んだ。

紀野は一度大きく伸び上がり、そのまま仰向けに倒れた。

彼はそれきり動こうとしなかった。

佐伯は、小倉ともみ合う緑川を見た。体格は小倉のほうがずっと大きかった。体重差は、二十キロほどありそうだった。

だが、緑川は、コンパクトに体を畳むと、鋭く旋回して小倉に密着した。そのまま腰をはね上げる。

小倉の体が宙に弧を描いて、次の瞬間、コンクリートの床に叩きつけられた。見事な背負い投げだった。

投げると同時に、緑川は全体重を小倉に浴びせていた。受け身がとれないように相手を床に叩きつける警視庁柔道の投げだった。

小倉は、ひどいダメージのために立ち上がれなかった。地面や床がアスファルトなどの場合、投げ技は極めて強力な威力を発揮する。

緑川は、さらに倒れた小倉をうつ伏せにさせ、脇固めで腕を決めておいて手錠を掛けた。小倉は背に回した両手を手錠で封じられた。

坂巻は、冷静に少しずつベレッタ自動拳銃が落ちている場所に近づきつつあった。あと一歩というところに来て、坂巻は、急に素早い動きに転じた。さっと手を伸ばしてベレッタを拾おうとする。

佐伯はそれに気づいた。

坂巻と佐伯の距離は約三メートルある。坂巻がベレッタを拾うのを阻止しようとしても間に合わない。

佐伯がそう思ったとき、すでに彼の右手は、ポケットからパチンコ玉を取り出していた。その玉を親指で弾く。

『佐伯流活法』の『つぶし』だった。

パチンコ玉は、正確に、坂巻の顔面に飛んだ。頬に当たった。

坂巻は、驚きの声を上げた。

突然、頬に鋭い痛みを感じたのだ。何が起きたかわからないはずだった。

その隙に佐伯は突進するつもりだった。

しかし、坂巻はあくまでも冷静だった。頬の痛みに関する判断を停止していた。

今、彼がしなければならないのは銃を拾うことだった。

頬になぜ痛みが走ったのかは、銃を拾ってから考えればいい。彼はそう考えていた。そういうことができる男だった。

佐伯は間に合わないと悟って突進を止めた。近づいたときに至近距離で撃たれてはたまらない。『つぶし』はあくまで、牽制の武器だ。多くの場合、目を狙って、相手が無力化した瞬間に間を詰める。そういう使いかたをするのだ。

「緑川、物陰に隠れろ!」

佐伯は、怒鳴りながら車の陰に走り込んだ。

緑川も同様に、駐車してある車の後ろに飛び込んだ。

坂巻はベレッタを拾い上げて、すぐさま佐伯のほうに銃口を向けていた。

だが、すぐには発砲しなかった。

今や、坂巻が圧倒的な優位に立ったのは明らかなのだ。坂巻は、冷静な声で言った。

「いまさら隠れたところで無駄ですよ。佐伯さん。たいした時間稼ぎにもならない。おとなしく出てくることです」

佐伯は、車の陰から言った。

「こんな場所で発砲すると跳弾で自分も怪我をするぞ」

「あなたに当たれば、その心配はありませんよ」

佐伯は、完全に動きを封じられた。彼は、無意識のうちに歯ぎしりをしていた。

16

銃声が、市街地の騒音をついてはっきりと聞こえた。

奥野は、駐車場で異変があったことを知り、ただちに走りだした。駐車場の入口では、係員が不審げな表情で奥のほうを見やっている。

銃声だとは思っていないのかもしれない。日本人は、銃や銃声に慣れていない。

奥野は、係員のいるブースを通りすぎ、覆面パトカーを止めた方向に向かった。

そして、立ち尽くした。

坂巻が拳銃を構えているのを見たのだ。その拳銃がどこに向けられているのかはわからない。しかし、何かを狙っているのは明らかだった。

奥野がまずしなければならないのは、身を隠すことだった。

坂巻に気づかれたら撃たれてしまう。彼は、すぐ近くにあったコンクリートの柱の陰に隠れた。次にすることは、応援を呼ぶことだった。

彼は、携帯電話を取り出した。そのとき、奥野は、並んだ自動車の間を移動する人影に気がついた。

その人影は、姿勢を低くして、慎重に移動している。

奥野は、それが敵か味方か見極めようとした。一瞬だが人相が見えた。

奥野は驚いた。それは、間違いなく内村尚之だった。内村は、ブリーフ・ケースを抱えて、車から車へそっと移動していた。

その行動はきわめて慎重だった。決して焦らず、それでいて迷いもなく内村は移動している。

ちょうど、坂巻がいる場所を迂回している。奥野は、内村が何をしようとしているのかわからなかった。

逃げようとしているのではない。その逆で、内村は、出口から遠い方に向かっているのだ。

だが、奥野は、内村の目的を確認することはできない。彼は今できることを実行することにした。

奥野は、携帯電話で捜査本部に電話を掛け、応援を要請した。

佐伯は、どうすべきか必死に考えていた。坂巻は、一刻も早く佐伯たちを殺したいと考えている。

それは疑う余地のない事実だった。一般人は、感情によって暴力を振るう。だから、相手を殺したいと思ったとしてもなかなか実際に殺すところまでいけない。

しかし、暴力団は、組織として殺人を行う。彼らの日常生活は戦争の非常時と似たようなところがある。ヤクザは感情だけでなく、役割として殺人をするのだ。

感情で人を殺すのは恐ろしいものだ。後悔や罪に対する恐れをぬぐい去ることはできない。

しかし、立場や役割で殺人をするのは、少なくとも精神的には容易だ。

坂巻は、テロ・ネットワークを守るために、佐伯たちを消さなければならないのだ。

小倉は、手錠をされたままだが、立ち上がっている。じきに紀野も意識を取り戻すはずだった。

殴り合いで気を失っても、それほど長い間眠っているものではない。長くて一時間、早ければ五分以内に意識を取り戻す。一時間以上眠っていたなら、脳波を検査したほうがいい。

佐伯は、頭を働かせ、なおかつ、周囲を観察した。この場を脱出する方法が何かあるはずだ。

彼はそう信じた。絶望するのは、死ぬ瞬間になってからでも遅くはない。

その時、佐伯は、内村が五メートルほど離れた場所に駐車している車の陰からこちらを見ているのに気づいた。

(何でこんなところに……)

佐伯は生まれて初めて所長の行動を非難する気になった。

所長は現場に慣れていない。修羅場に顔を出すタイプではないのだ。

佐伯は、何とか車づたいに所長のところへ行こうとした。相手が拳銃を持っていると思うと動くたびに背筋や尻のあたりがざわざわとした。

「隠れんぼをしている暇はないのです」

坂巻が言った。「あなたは丸腰でこちらには銃がある。さ、おとなしく出てきたほうがいい」

佐伯は、なぜ坂巻が撃たないのかを知っていた。彼も跳弾が怖いのだ。

確実に佐伯に弾が当たる距離と角度が得られるまで彼は撃ちたくはないのだ。そして、坂巻は佐伯を警戒していた。

頰に痛みがはしったのは、佐伯のせいだと考えているのだ。何かおかしな飛び道具を持っているに違いないと坂巻は考えていた。

とにかく、佐伯は、坂東連合の三つの組を潰している。油断ならないやつだと、坂巻は慎重になっているのだ。

今、うかつに佐伯に近づき圧倒的な優位にある立場を逆転されるようなことがあってはならないのだ。

佐伯は、坂巻の慎重さに助けられて、二台の車を移動して内村のそばにたどり着いた。「こんなところで何をしているんです?」

佐伯の語調は厳しかった。内村がこたえた。

「あなたにお渡しするものがあったんです」

「確かに死んでからプレゼントは受け取れない。しかし、こんな危険を冒す必要があるのですか?」

内村は、何も言わずブリーフ・ケースを開いた。

佐伯はその中身を見て絶句した。

「あなたのために用意しました」

「どういうことか訊きたいが、今はそんな場合じゃなさそうだ」

佐伯は、警察手帳を胸のポケットに仕舞い、自動拳銃を手に取った。ＳＩＧザウアーだった。ダブルカアラムのマガジンが用意されている。

佐伯はマガジンをグリップの下から叩き込み、遊底《スライド》を引いた。

銃の重みが佐伯に新たな自信をもたらした。

彼は、銃口を車の隙間から坂巻の方に向けた。

照門《しょうもん》と照星《しょうせい》を合わせる。そのままの状態で坂巻に言った。

「銃を持っているくせに、何をそんなにびくついているんだ？　さっさと俺を撃ちにきたらどうだ？」

「もちろん、そうさせてもらう」

坂巻が動いた。佐伯のほうに近づこうとしている。

その姿が、照星の前に現れた。

距離は約五メートル。拳銃で狙えるぎりぎりの距離だ。拳銃は強力な武器ではあるが、五メートル以上離れると、命中率は極端に落ちるのだ。

佐伯はそっと引き金を絞った。焦って強く引くと必ず外れることを彼は知っていた。

弾は引き金を引く勢いで飛び出すわけではないのだ。引き金は静かに引くほどいいのだ。

大きな火薬の炸裂音とともに、したたかな衝撃が手首に伝わった。

その瞬間に、坂巻の体が後方に吹っ飛んだ。

どこに命中したかはわからなかった。しかし、確かに弾は坂巻に当たった。

佐伯は飛び出した。すぐさま倒れた坂巻に駆け寄る。

坂巻の右肩に着弾していた。肩に、血の染みが出来、さらに、背中からの出血で床に血溜まりが出来はじめていた。

銃弾は貫通していた。

坂巻は、着弾のショックで気を失いかけていた。致命傷ではない。

佐伯は、胸を狙った。それがかえって坂巻の命を助けることになった。

銃口が撃つ瞬間にわずかに上を向いたのだ。足など狙っていたら、腹に当たり、坂巻は致命傷を負っていたかもしれない。

佐伯はベレッタを坂巻の手からもぎ取り、マガジンを抜いて、さらに遊底《スライド》を引いた。遊底を引くことによって薬室に入っていた弾薬を排除したのだ。そのうえで飛び出た弾薬をマガジンに込めた。銃本体とマガジンを別にし、安全装置をかけると佐伯はようやく安心した。

小倉は、立ち尽くしている。彼は、佐伯が持っているＳＩＧザウアーを驚きの表情でじっと見つめていた。

　緑川が出てきて言った。

「そんなもの、どこに隠し持っていた？」

「つい今しがた、所長から受け取った」

「拳銃の不法所持だ。しょっぴくぞ」

　佐伯は、内ポケットから警察手帳を取り出し、それを緑川に掲げて言った。

「俺をしょっぴくと恥をかくことになるぞ」

　緑川は、その手帳と佐伯の顔を交互に見て言った。

「どういうことになっているんだ？」

「俺にもわからないよ。とにかく、そういった話は後だと思うが……」

　緑川は、ひどく凶悪な顔で立ち尽くしている小倉と、倒れている坂巻を見た。

「そうだな……」

「チョウさん」

　奥野がそう声を掛けながら近づいてきた。佐伯と緑川は同時にそちらを見た。

　緑川が、奥野に言った。

「救急車だ。それと応援を呼べ」

「両方とも手配しました」

緑川は無言でうなずいた。

(なるほど、人間というのは成長するものだ)

佐伯は思った。(俺といたときより、奥野は気がきくようになったようだな……)

そのとき、複数の足音が聞こえてきた。

佐伯は、はっとその足音のほうを見た。

小倉が怒鳴った。

「こいつらを撃ち殺せ！」

若い衆が三人駆けつけてきたのだった。

佐伯、緑川、奥野の行動は素早かった。すぐさま、車の陰に飛び込んだ。

三人の若い衆のうち、一人が発砲した。

力んだせいで発射する瞬間銃口が下を向き、弾はコンクリートの床に当たった。

そのまま跳弾となって、佐伯たちが隠れている車に当たった。

「くそ……。こんなところで銃撃戦になったら、相手がどんなにへたくそでも跳弾で確実にけがをするぞ……」

緑川がうめくように言った。

「そう思うんだったら、やつらを早く片づけるんだな」

佐伯はそういってベレッタとマガジンを緑川に手渡した。

緑川はベレッタを見つめてつぶやいた。

「やるしかないか……」

彼は、グリップにマガジンを叩き込み、安全装置を外し、遊底を引いた。

佐伯は、すでに、ボンネットの上に手を伸ばし、ＳＩＧザウアーを構えている。

佐伯が一発撃った。

三人の若い衆は慌てて柱の陰に隠れた。そこから顔を出し、また一発撃ってきた。

「こんな場所で銃撃戦を始めたら、始末書ものだぞ……」

緑川はそう言ってから、一発撃った。

砕けた跳弾があらぬ方向から飛んでくるおそれがあり、きわめて危険だった。

「毛利谷一家は、もう申し開きはできない」

佐伯が言った。

「確かにな……。だが、俺はそんなことより、死にたくないな……」

佐伯が一発撃ち、緑川がまた撃った。

やがて、サイレンの音が聞こえてきた。救急車のサイレンとともに、パトカーのサイレンが確かに聞こえる。

「援軍だ」

佐伯が言った。「頼もしいじゃないか」

駐車場は、たちまち武装した警官隊に囲まれた。一つの班が地下に進入してきて、逆上した三人の若い衆は拳銃を撃ちまくった。

三人とも銃を持っていたのだ。だが、弾薬はじきに尽きてしまった。

銃声がしなくなってからしばらくして、彼らが駆けだすのがわかった。エレベーターのほうに逃げようとしているのだった。

警官隊が彼らを追い、エレベーターの前で取り押さえた。こういうときの警官は荒っぽい。三人の若い衆はたちまち鼻血を流し、あざだらけにされた。

警官や所轄の刑事がやってきて、てきぱきと現場の処理を始めた。

「さて、社長室に行って常道等に会ってみよう」

佐伯が言った。「今なら、無条件で引っ張れる」

「そうだな……。ぐずぐずしていると、逃げられる」

佐伯と緑川と奥野は、制服警官たちの脇をすり抜け、エレベーターに乗り込んだ。

内村は、取り残されたような気分でその三人の後ろ姿を見つめていたが、やがて、小さく肩をすぼめると、覆面パトカーに戻って佐伯たちの帰りを待つことにした。

佐伯は、組員たちの制止を乱暴にはねのけながら、社長室に進んだ。

彼は、確かに高揚していた。今までのいらいらがすべて解消していた。

自分はやはり、マル暴の刑事になるべくして生まれたのだ。彼は、そんなことを考えていた。

社長室に入ると、常道等が電話に向かって何やら怒鳴っていた。

佐伯を見ると、常道は目を細め、電話を切った。若い衆が大勢駆けつけてきていた。だが、彼らは何もできなかった。

常道は、ゆっくりと背もたれに体をあずけると大きくひとつ息をついた。怒りを抑えているようだった。その吐息とともにつぶやいた。

「佐伯……」

佐伯は言った。

「あんたの尻尾を捕まえる日を夢にまで見た」

「何を言っている？　おまえはもはや警察官ではないはずだ」

「それは、あんたの勘違いだ」

佐伯は、警察手帳を取り出して見せた。

常道は、警察手帳のほうは見ず、佐伯の顔を見据えていた。

「そうか……。警察もあの手この手だな……。だが、これは何の騒ぎだ？　令状は持っているのだろうな？」

「このビルの地下駐車場で銃撃戦があった。つい今しがただ。ビルは警官隊に包囲されている。拳銃を最初に撃ったのは紀野だ。そして、坂巻は、明らかに殺意を持って俺に銃口を向けた。さらに、駆けつけた若い衆が発砲し、銃撃戦となったわけだ。さきほど、あんたは、俺を殺すとはっきり言った。あんたをしょっぴくには充分だと思うが……？」

「私は何も知らない。おまえを殺すと言った？　覚えがないな……。証拠があるのか？」

「殺人教唆だ。言い逃れはできない」

「私は何も知らないと言っただろう。秘書が何をやろうと私の知ったことではない」

「政治家みたいな言い逃れはよすんだな……」

常道は、凄みのある笑いを浮かべた。

「政治家がなぜああいう見え透いた言い逃れをするのか知らんはずはなかろう」

「そう。ああ言っておけば、法的に逃げ道ができるからだ。罪は決して認めてはいけないというのがプロの犯罪者の鉄則だからな。だが、俺はあんたを逃がさないよ」

「令状を持って出直すんだな。私は現時点では、ただの参考人のはずだ。任意でしかしょっぴけないはずだ。私は、この会社の経営には全責任を負っている。しかし、ビルの中で起きる刑事事件にまで責任を負っているわけではない。それは、どの会社の社長でも同じことだ」

佐伯は冷静に常道等の言うことを吟味していた。

一般人なら、これだけの騒ぎを起こしてしまったらうろたえているはずだ。警察は、その狼狽に付け入ることができる。

一般人は、刑事訴訟法や警職法にそれほど詳しくないから、警察官が署に来いといえばそれに逆らうことはまずない。

常道のような犯罪のプロが、法の網を逃れることができるのは、こうしたことに慣れているからなのだ。

「しかも……」

常道はさらに言った。「あんたは、潜入捜査をやった。潜入捜査や囮捜査で得た情報は公判では証拠能力がない」

「おまえは、こうして机に向かってすわっているだけだ。だが、金と人を動かして人を脅迫させたり殺させたりしているわけだ」

「佐伯さん……」

常道は、うんざりしたように笑って見せた。「私ら確かにヤクザ者でした。だが、ヤクザじゃ食っていけない。だから、まっとうな会社を作ったんです。毛利谷総業は、堅気の商事会社ですよ」

「毛利谷総業が支えている坂東連合は、指定団体なんだよ」

「警察が勝手に決めたことです」

佐伯は、奥野と緑川に言った。

「どうやら、出直したほうがよさそうだ」

奥野も緑川も何も言わない。「逮捕した紀野や小倉を叩いてしゃべらせることにしよう」

常道は余裕を見せていた。

「好きなだけ聞いてみるといい」

彼は、紀野や小倉、坂巻がしゃべるとは思っていない。組織を裏切れば死が待っているだけだ。ヤクザにとっては、警察より組のほうがおそろしい場合がある。

ヤクザが口を割らないのは腹がすわっているからではない。組に対する恐怖心が沈黙を守らせるのだ。

佐伯は、踵を返した。

常道が勝ち誇ったように言った。

「お客さんがお帰りだ」

佐伯は背を向けたまま言った。

「典量酒造の役員を襲撃に行った越前守がもうじき網にかかるはずだ。そうすりゃ、別の展開もある」

常道の顔は見えなかったが、佐伯は、常道の緊張を感じ取った。佐伯は振り返った。

「梅本が俺にガセのネタを握らせようとしたらしいが、ガセだということはもうわかっているんだ。警察では、誰も越前守が新東西造船の役員を襲撃するなどとは思っていない。典量酒造に的を絞っているんだよ」

常道は完全に無表情だった。

「何の話かわからんな……」

しかし、佐伯には、明らかに常道が不機嫌になったのがわかった。
佐伯たちは、社長室を出た。

17

「なんとしてもしょっぴくべきじゃなかったかな……」

　エレベーターのなかで緑川は言った。「やつに時間を与えたら、手を打たれてしまうぞ。常道くらいになると一流の弁護士を雇えるし、政治家にもコネがある」

「そう……。影響力はあるな……」

「なんだ、あまり悔しそうじゃないな……」

「常道の牙城の一角は崩れた。銃撃戦が報道されると、世間はちょっとした騒ぎになるだろう。池袋のどまんなかで白昼銃撃戦がおこなわれたんだ」

「マスコミが騒ぎ立てるだろうな……」

「常道本人が思っているより、事態は深刻なのさ。しかも、常道は、坂巻と紀野を失った。これは大きい」

「保津間興産にも警察の手が入る。何といったっけな、テロ・ネットワークの担当者は……？」

「梅本だ」

「そいつだけは、どんなことをしてでもしょっぴかなければな……」

佐伯、奥野、緑川の三人は、駐車していた覆面パトカーのところまでやってきた。

地下の駐車場は、時間がたつにつれてどんどん賑やかになってきた。警察の鑑識がやってくる。マスコミが駆けつける。

外には野次馬が集まってきている。警官と若い衆が小競り合いを続けていた。

すでに坂巻と紀野は病院に運ばれたあとだった。

緑川が、小倉の行方を所轄署の刑事に尋ねると、署に連行したということだった。

奥野は、そのことを捜査本部に連絡した。

覆面パトカーの助手席に内村がすわっていた。彼はじっと外の成り行きを見守っているように見える。

「後ろに乗ってもらえませんか?」

奥野が内村に言った。

内村は、ぼんやりと奥野を見た。何を言われたかわからないような様子だ。

奥野はさらに一度言った。

「そこは僕らの席なんです」

内村は、ようやく気づいたように車から降りた。

佐伯は、内村が一種のショック状態にあることに気づいた。修羅場を初めて経験すると程度の差こそあれ、誰でもこうなる。

「気分が悪いんじゃないですか？」

佐伯は内村に尋ねた。確かに、内村の顔色は悪かった。

「だいじょうぶです」

内村はそう言うと、覆面パトカーの後部座席にすわった。佐伯がそのとなりに乗り込んだ。

「俺は現場に慣れています。だから、ある程度恐怖や緊張をコントロールできる。ショック状態に陥るのは何も恥ずかしいことじゃありません。そういう心理が働かなければ人間はたやすく死んでしまうでしょう」

「ええ。わかっています……。本当にもうだいじょうぶです。人にはそれぞれ役割があるのだということがよくわかりました」

「所長も悪くなかったですよ。俺に銃を届けてくれた」

「自分の使命だと思えば、たいていのことはやれるものですね」

佐伯は、内村が即座に立ち直ったのを感じ取った。内村は、いつもの落ち着きをすでに取り戻していた。

佐伯は、内村の精神力を再認識した。生まれつき神経が一本抜け落ちたようなタイプの人間がいる。恐怖をあまり感じないのだ。恐怖感が鈍いというのは、周囲の者にとっても、また自分自身にとっても危険なものだ。佐伯はそういう人間を評価しない。佐伯が評価するのは、正常な感情を持ち合わせておりなおかつその感情をコントロールできる人間だ。

内村は明らかに感情をコントロールできる人間だった。

「僕たちは本部に戻らなければなりません。『環境犯罪研究所』までお送りしましょう」

「頼む」

佐伯がこたえる。奥野は車を出した。制服を着た警官が出口まで先導してくれた。

車が明治通りに出ると、緑川が佐伯に言った。

「警察手帳と拳銃の件を話してくれてもいいんじゃないのか?」

「それは、俺も聞きたいと思っていたところだ」

佐伯は内村の顔を見た。

「『環境犯罪研究所』が解散になるのです」

内村はこともなげに言った。

「解散……？」

佐伯は、思わず訊き返したが、それ以上の質問はできなかった。

あまりに唐突な話だった。内村もそれから先を説明しようとしなかった。

「それで、俺はもとの刑事に戻るということですか？」

「そのへんのことについては、追って指示があります」

佐伯は、シートに体を投げ出した。

「何だか、犬っころになった気分だ」

「警察官の人事なんてそんなもんだよ」

緑川が言う。「刑事に戻れるのがうれしくないのか？」

「『環境犯罪研究所』に出向になったときは、くさったさ。体のいい免職だと思っていた。だがな……」

佐伯は、そこで言葉を切った。その後はどう言っていいかわからなくなった。

彼は、『環境犯罪研究所』に奇妙な愛着を持ちはじめていた。内村所長にも興味を持っていた。

だが、佐伯はそうした感慨を追い払った。今は、新しい職務のほうが大切だった。

どんな部署に回されるのかを気にすべきだったし、現時点でテロ・ネットワークの件にどう関わるかを考えるべきだった。

佐伯は、内村に尋ねた。

「そうです」

「俺はまだ『環境犯罪研究所』の職員なのですね？」

「では、所長の指示に従わなければならない。テロ・ネットワークに関して、俺はどうすればいいのです？」

「テロ・ネットワーク？　私は、保津間興産の不法投棄について調査しろと言ったはずです」

佐伯は苦い表情になった。

「所長がたてまえを持ち出したら、絶対にあとに引かないことはわかっています。わかりました。任務は終わったのですね？」

「そう。白石くんに、先に帰るように言ったのですが、たぶん、彼女は研究所で待っているでしょう。早く顔を見せてあげなくては……」

「あなたは、何でもお見通しなのですね……」

『環境犯罪研究所』のあるビルの前で奥野は車を停めた。彼は、研究所に寄って白石景子の顔を見たいと思っているはずだ。佐伯にはそれがわかった。

しかし、奥野と緑川は研究所には寄らずに警視庁に向かった。今頃、捜査本部は大騒ぎのはずだ。佐伯は、わずかな淋しさを感じながら、その様子を思い描いた。

すでに、佐伯の出る幕はなかった。

佐伯は、ビルに入り、初めて『環境犯罪研究所』を訪ねたときのことを思い出していた。この古いビルはくたびれて見えた。

埃がこびりついたガラスを通してわずかな日の光が差していたのを思い出す。その日の光は、周囲の高いビルの隙間を奇蹟的に抜けてきた細い光だった。

佐伯は、そのとき、閑職に回された悲哀を感じたものだった。しかし、実際の『環境犯罪研究所』は、佐伯の想像とはまったく違っていた。

それを知って以来、ビルの古さを気にしたことはない。

ドアに鍵はかかっていなかった。明かりもついている。

ドアを開けると白石景子が立ち上がった。「お帰りなさい」

まったくいつもと変わらず、彼女はそう声をかけた。

内村も何事もなかったように所長室に向かった。

佐伯は、奇妙な緊張感を抱きながら自分の席にすわった。白石景子は、おそらくひどく心配していたのだろう。佐伯はそう思った。

すでに、わずかだが、定時を過ぎている。佐伯は、まだ帰り支度を始めない白石景子を見て言った。

「知ってるか？『環境犯罪研究所』は解散だそうだ」

白石景子は顔を上げ、佐伯の顔を見つめた。明らかに動揺していた。

しかし、それは、ほんの一瞬のことだった。彼女もまた、内村同様に見事に感情をコントロールした。

「いいえ、まだ、そういうことは聞いていないわ」

「君はどうなるのだろうな？」

「さあ、所長から指示があると思うわ」

「そうだな……」

白石景子は、内村を信頼しきっている。

（俺も見習うべきだな……）

佐伯はそう思った。

内線電話が掛かり、白石景子が佐伯に言った。

「所長がお呼びよ」

佐伯は、今後のことが聞けるのではないかと期待して、所長室に向かった。

内村所長は、いつものように右脇にあるコンピュータのディスプレイをのぞいていた。

佐伯がドアを閉めると、内村は、佐伯のほうを向いて言った。

「今回、あなたの命を救ったのは、井上美津子さんだといってもいいでしょう。お礼を言ってあげてください」

「そうですね。そうします」

内村はそれきり何も言わず、佐伯の顔を見ている。居心地の悪さを感じて、佐伯は言った。

「それだけですか？」

「それだけです」

「今後のことが聞けると思ったのですが……」

「今後のこと？」

「『環境犯罪研究所』が解散になった後のことです」

「ああ、あなたの家が爆破され、そこに新しい家を建てることになっていたのですが……。今、ようやく後片付けが終わり、これから整地に入るそうです。ですから……」

「そういうことはいいのです。どうせ、土地を売ろうかと考えていたところです。家を建ててもらう必要はありません」

「そうなんですか？」

「土地を売った金を頭金にしてマンションでも買いますよ」

「そう言ってもらうと助かります。官舎を建てるための予算から何とか費用を捻出しようとしていたのですが、何分、予算は限られていましたので……」

「それに、今の部屋も居心地がいい」

「白石邸ですね……」

「ですから、俺の家の話はいいのです。仕事の話を聞きたい。俺や白石くんはどうなるのです？　所長は？」

「実のところ、まだはっきりしていないのです。事実が確定し次第、お知らせしますよ」

「前に言いませんでしたっけ？　刑事相手に嘘をつけるほど、あなたは嘘がうまくないと……」

「そう……。言われたような気がします」

「すでに、あなたは何かを知っているか、あるいは計画している」

内村は肩をすぼめた。

「だとしても、確実に決まらないかぎりお話しすることはできないのですよ」

「そうでしょうね」

佐伯は、退出することにした。内村を相手に議論しても勝ち目がないことを彼は知っていた。

「ミツコには連絡しておきます」

「そうしてあげてください」


大阪府警浪速署の畑中部長刑事と小松刑事のコンビは、今度は手柄をさらわれたと感じていた。

芝純次を逮捕できたのは幸運だった。チンピラにすぎない芝を逮捕したことが、テロ・ネットワークという大きな事件《ヤマ》につながっていくとは思ってもいなかったのだ。

彼らは、東京からの情報をもとに、越前守を探していた。畑中部長刑事は、越前も自分たちの獲物にすべく精力的に捜査を続けていた。

しかし、幸運はそうそう続かなかった。彼は、一日の捜査を終えて本部に戻ったとき、越前守逮捕の知らせを聞いた。

その場にいた捜査員たちが思い思いの声を上げ、本部のなかは一瞬どよめいた。逮捕したのは、典量酒造の社長宅を巡回していた張り込みの刑事だった。

翌日には、保津間興産の梅本が逮捕された。すでに、事実が固まったとして、捜査本部は逮捕に踏み切ったのだ。

保津間興産は、大小さまざまな罪状により、家宅捜索を受けた。罪状の中には、産業廃棄物の不法投棄を続けていたことも含まれていた。

その記事を新聞で読んだ岩井老人は、密かにつぶやいていた。

「あの男は約束を守ってくれたようだな……」

彼の表情は、なごんでいた。ここ何年も見せたことがない明るい表情だった。彼は、新聞の記事をもう一度読み返して、また、つぶやいた。

「こういう男がいるということは、まだ、人生捨てたもんじゃないのかもしれんな……」

銀行支店長殺害の捜査本部では、慎重に事を進め、常道等の逮捕状を取ろうとしていた。しかし、なかなか捜査の手は常道等まで届かなかった。

直接の容疑がないのだ。

緑川も奥野も歯ぎしりするほど口惜しがったが、どうやら、坂巻良造と紀野一馬を逮捕できたことでよしとするしかないという方向で捜査本部の意見がまとまりつつあった。

緑川と奥野は、常道等の首根っこに手まで掛けたという思いがあるため、あきらめきれぬ思いだったが、毛利谷一家が大打撃を被ったのは事実だった。

広域暴力団坂東連合の宗本家がかつてこれだけの打撃を受けたことはなかった。

警視庁捜査四課の歴史上初めて、坂東連合の本丸を揺るがすことができたのだった。

「チョウさん……。なんだか、すっきりしなくって……」

奥野は、隼町《はやぶさちょう》の大衆酒場で佐伯に言った。

「何がだ?」

「捜査本部では、常道等の追及を事実上あきらめたのです。坂巻か紀野が口を割るという可能性をわずかには残していますがね……」

「どちらかが口を割らない限り、逮捕状は取れないというわけか……」

「そういうことです」

「いいじゃないか」

「でも、銃撃戦の日、もう一歩であいつを連行できたのに……」

「署に連れていったところで、弁護士がすぐに助けに来たさ。明らかな罪状は何もなかったんだ」

「チョウさんに対する害悪の告知はあったわけでしょう?」

「俺は警察官だ。あいつが言ったとおり、証拠能力はきわめて低いな……」

「チョウさんは口惜しくないんですか?」

「そうだな……。とりあえず、俺は考えなくちゃならないことがあってな……」

「配属のことですか?」

「そう。それもある……」

「それ以上に何か?」

「おまえ、今回の事件《ヤマ》どう思う?」

「どうって……」

「俺にもうまく言えないんだがな……。俺はマル暴にいたからよくわかる。坂東連合の城はとんでもなく強固だ。全国二十五都道府県百五団体八千人が支えている城だ。それが、あまりにあっけなく攻め込まれた感じがする……」

「時代じゃないですか？　暴対法やバブル崩壊のボディーブローが徐々に効いていたんでしょう」

「それもある。しかし、今回いろいろな幸運が重なった気がするんだ」

「そうかもしれませんね。いろいろな要素が一時期に集中したような気がします」

「俺はな、それが単なる幸運のような気がしないんだよ」

「じゃ、何です？」

「誰かの意思が働いていたような気がする」

「神様ですかね……」

奥野は本気にしない。

「まあ、神の類に近いのかもしれないな……」

「どんな人の意思だというのです？」

「それはわからんよ。個人ではなく、集団かもしれない」

「集団……？」

「少なくとも、俺は、そういうことをやりたがる人物を知っているような気がする」

「誰です？」

「内村所長だよ」

18

奥野を『ベティ』に誘ったが、朝が早いので帰ると言った。奥野は、クラブなどに興味はないようだった。白石以外の女性に興味がないのかもしれない。

『ベティ』は混んでいた。一時期潮が引くようにいなくなったクラブの客が、このところ戻ってきつつあるようだと佐伯は感じた。

ミツコは忙しそうだった。

「おかげで命拾いした。礼を言っておくべきだと内村所長が言ったんだ」

佐伯は、ミツコに言った。

「何だかよくわからないけど、電話してよかったということね」

「そう」

「内村さんといっしょに来ればよかったのに……」

「俺ひとりじゃ不満か？」

「そんなことはないけど、内村さんにも会いたいわ」

「内村所長は、俺の上司ではなくなるかもしれない」

「どういうこと？」

「『環境犯罪研究所』が解散になる」

「佐伯さんはどうなるの？」

佐伯は、上着の内ポケットから警察手帳を半分だけ抜いてミツコに見せた。規定どおり紐でつないである。

「刑事に戻るの？」

「わからない。追って沙汰があると所長が言っていた」

「そう……。いろいろとあるのね……」

「どうした。深刻な顔をして……」

「あたしも潮時かと思ってね……」

「仕事が面白くないのか？」

「そうじゃないけど、中途半端でね……。将来ママになるつもりもないし……。若い子がどんどん入ってくるし……。こういう仕事をしていると、感覚が麻痺しちゃうけど、やっぱり、どこか普通じゃなくなっちゃうからね……」

「平凡な幸せなんてものを望んでいるわけか？」

「一度はあきらめかけたけどね……。人間て、手に入らないものほどほしいと思うでしょう?」

「ああ……。そんなものかもしれない。だが、どんな生活をしていても幸福だと感じるやつはいるし、不幸だと感じるやつもいる。幸福に決まった型などないんだぞ」

「水商売が幸せだと思えなくなっただけ。贅沢なのかもね。ヤクザの情婦で一生終わっていたかもしれないのにね」

刑事というのは不幸を見て歩く職業だ。佐伯は、幸不幸の基準をはるか昔に捨て去っていた。

「誰にだって幸せを望む権利はある」

佐伯は、水割りを口に運んだ。

毛利谷ビルでの銃撃戦を取り上げるマスコミの論調は、日を追って激しくなった。ワイドショーでは、ほとんど狂騒的な扱いをしていた。日本があたかも紛争地帯のような無秩序状態になったかと思わせるような扱いだった。

反暴力団のキャンペーンをはる新聞があり、週刊誌では、テロ・ネットワークのことを詳しく取り上げた。

毛利谷一家に対する波状攻撃が続いているのだ。

銃撃戦から五日たった。佐伯は、すっかりテロ・ネットワークとも毛利谷一家とも無縁の生活に戻っていた。少なくとも『環境犯罪研究所』にいる間は、単なる新聞記事として接するしかなかった。

所長に呼ばれて佐伯は、所長室へ行った。「辞令です」

所長は、書類を佐伯に渡した。佐伯はそれを注意深く読んだ。

「『危機管理対策室』?」

「そう。そこがあなたの新しい職場です。なお、あなたは、再び現職の警察官のまま出向という形になります」

「もらったばかりの手帳をまた返さなければならないのですか?」

「その必要はありません。今回は、あなたは手帳も拳銃も持ったまま、出向となります。環境庁の外郭団体とは事情が違うのです」

「『危機管理対策室』というのは、どういう組織なのですか?」

「そこに行ってから説明を受けることになるでしょう。一週間後に首相官邸の指定された場所に出頭してください。なお、明日から、この研究所は閉鎖されます」

「官邸へ……？　しかも一週間、休めということですか」

「そういうことです」

「その間に、部屋でも探すか……」

「そうですね……。白石くんの家にいつまでも居候では、まずいかもしれません」

「わかりました」

佐伯は部屋を出るとき、特別な別れの言葉が必要だろうかと思った。だが、何といっていいかわからなかった。

「失礼します」

結局それだけ言って、彼は退出した。


とりあえず白石景子の家を出て、月極めの安ホテルに居を移した。

部屋探しをするつもりにもなれなかった。土地を売る段取りもまだつけていない。

部屋は土地を売ってから探すつもりだった。

「また、いつでもお寄りください」

白石邸を出るとき、執事が言った。

「そうしたいが、白石くんがなんと言うかな……。もう同僚じゃないしな……」

「お嬢さまは、きっと歓迎なさいます」

「だといいがね……」

佐伯は、白石邸を後にした。白石景子とは特別に挨拶を交わさなかった。彼女は、その日、一度も佐伯の前に姿を現さなかった。

（人の別れなんてこんなものだな……）

佐伯は心のなかでつぶやき、試しにほほえんでみた。


指定された日に、佐伯は首相官邸に出掛けた。出入口のチェックは、辞令を見せるだけで通れた。

正面に赤い絨毯《じゅうたん》を敷きつめた階段があり、その上にSPが立っている。さらに二階に進むと、記者がたむろしているのが見えた。首相の執務室の前で張っているのだ。

佐伯は、異世界に迷い込んだような気分だった。

彼は、首相の執務室の前を通りすぎ、秘書官室の隣のドアをノックした。

中には、紺色の背広を着た一団の人々がデスクの上のコンピュータを睨んでいた。

そのひとりに辞令を見せると、衝立で仕切られた一画を指さした。

佐伯は、ネクタイの曲がりを直し、衝立の向こうに進んだ。

一瞬、彼は立ち尽くした。

衝立の向こうにある机に向かってすわっているのは内村尚之だった。

「やあ、来ましたね……」

さらに、佐伯は、その前のデスクに並んですわっているふたりを見て言葉もなく立ち尽くした。

白石景子と井上美津子だった。

「俺は狐につままれているのかな？」

佐伯は内村に言った。

「まず、辞令をいただきます」

佐伯は、内村に渡した。

「これをあなたに渡すということは、あなたは俺の上司ということになる」

「そう。まず、規定に従って申告してください」

佐伯は、警察官の規定に従って異動の申告をした。

「『環境犯罪研究所』は、ひとつのテストケースでした。それは充分に活用しうるという結論に達しました。『危機管理対策室』は、あらゆる国内の危機に対処するための情報機関です。われわれは、増加しつづける外国人の犯罪や、地下にもぐり凶悪化する暴力団などに対処することになっています」

そのとき、奥野がやってきて目を丸くした。

「これ、どうなっているんです？」

内村が言った。

「佐伯さんとあなたは、またパートナーを組んでもらいます」

佐伯は、今、納得した。すべて、内村は計画済みだったのだ。

ミツコにしつこく礼を言えと言ったのも、白石邸を出ろと言ったのもそのためだったのだ。

確かに、奥野といっしょに働くのに、白石邸に住んでいてはまずい。

「俺は、もう用済みなのかと思っていましたよ」

佐伯は、内村に言った。

「とんでもない」

内村は、生真面目な表情で言った。「日本で初めてのクーデターを実行した人々の末裔を手放すものですか……」

「先祖のやったことなど、俺には関係ないですよ」

「まあ、血というものは争えないものです」

「血ね……」

奥野は、白石景子を眺めて心から幸福そうだった。内村の人事はその点まで考慮に入れているようだった。

「おい」

佐伯はミツコに言った。「潮時だとかなんだとか言ったとき、すでにこのことは聞かされていたんじゃないだろうな？」

「まさか……。でも、タイミングがよかったわ。内村さんの誘いを受けて、あたし、まったく迷わなかった」

とにかく、『環境犯罪研究所』は解散した。佐伯は、内村の演出が気に入らないわけではなかった。

だが、あからさまにうれしい顔をするわけにはいかなかった。

彼は照れているのだ。

シリーズ完結記念著者インタビュー

聞き手／関口苑生《せきぐちえんせい》
（文芸評論家）

＊本作品の結末に触れておりますので、読了後にお読みいただくようお願いします（編集部）。

アクションも官僚も書く

――本書『終極』で《潜入捜査》シリーズが完結となりました。今改めて読み返してみますと、このシリーズはかなり画期的なことをあれこれと試みているような気がします。刑事や暴力団の描き方などもそうですが、まず何よりメインのテーマとなる「環境犯罪」という発想が図抜けています。

今野　これを書いたのは一九九一年から九五年にかけてでしたが、その当時は環境犯罪という言葉はなかったですね。最近はわりと普通に使われていて、確か警視庁のホームページにも出てきます。ひそかに今野敏オリジナルの造語だと自負してるんですが、誰も言ってくれないので自分から宣伝するようにしています（笑）。このテーマを思いついたきっかけですが、一番大きかったのは八九年の参院選で「原発いらない人びと」というミニ政党から私が立候補したことでしょうね。当時、環境問題と反原発というのは非常に密接に結びついていたんです。私自身も関心がありましたし、それで調べていくうちに環境破壊はそれ自体が犯罪であるという発想が生まれてきた。これがまずひとつ。それから環境を破壊するような犯罪行為、たとえば産業廃棄物の不法投棄だとか違法な森林伐採《ばっさい》、野生動植物の不法取引など、そういう犯罪が全国で頻繁《ひんぱん》に起こっていることもわかってきた。しかもこれらの犯罪は、暴力団の手を借りることで地下に潜って反社会化し、凶悪化している部分もある。そうした問題意識が芽生《めば》えたのが大きかったと思います。

――その犯罪と真っ向から対決するのが、環境庁（当時）の外郭団体に出向させられた元マル暴刑事という設定も斬新《ざんしん》でした。

今野　ぶっちゃけて言いますと、とにかく警察小説を書きたかったんですよ。というのは《安積《あずみ》班》シリーズという私が初めて書いた警察小説が、種々の事情から九一年に一旦終了する（二〇一二年現在はハルキ文庫にて継続中）ことになりまして、ほかに書く場がなくなってしまったんです。刊行していた版元が倒産したという現実的な理由もありましたが、それ以上にあの当時は、夢枕獏さんや菊地秀行さんに代表される派手な伝奇アクションのノベルス全盛期でしてね。残念ながら警察小説がつけ込む隙《すき》はまだなかったんです。事実、私に求められていたのもアクションものの依頼でしたし。でも、そうは言ってもやっぱり書きたいわけですよ、警察小説が。そこで、だったらそのアクションものの器《うつわ》を借りて刑事を出せるんじゃないかと考えました。

――なるほど。環境犯罪の背後には怖いお兄さん方がついているし、そうするとマル暴刑事の登場は自然ですからね。

今野　ただ実を言うと、私の小説で暴力団を正面から取り上げるのも、暴力団を完全なる敵役《かたき》として描くのも、この作品が初めてだったんです。それでつい過剰に書いてしまったところはありますね。実際、《潜入捜査》のシリーズって自分で書いたものの中で一番えげつないかも、と思うことがあります。だって、いくらバイオレンス色が強いといっても、これは残虐なシーンが際立って多いでしょう。

――確かに今野さんの作品の中では異色かもしれません。一般の人たちに対するヤクザの仕打ちや暴行場面などは、ちょっと目を背《そむ》けてしまいたくなります。

今野　多分、このとき私はね、環境犯罪というものに相当な怒りを覚えていたと思うんです。そこに加えて、普段から大嫌いなヤクザがこの犯罪に加担しているわけですよ。もう怒りの二重奏三重奏でね、なんだこいつらって、その結果ここに出てくる暴力団員が皆やたらえげつなくなっちゃった（笑）。

――でも一方の佐伯もかなりヤバいですよ。シリーズの最初のほうでは、ヤクザ狩りと称して平気で拳銃の引き金を引いて人を殺しちゃってますし。

今野　佐伯の場合は計算がありました。殺していたのが異常だったんです。ここでは、刑事が人を殺しちゃまずいです。いくらヤクザが相手だからって、そんな佐伯の異常さ、佐伯の屈折具合をまず最初に示しておこうと思った。なぜならこれは、その後の彼の再起、再生の物語でもあるからなんです。そもそも佐伯の屈折は、暗殺者の血が流れているゆえに、警察官になる前から始まっています。警察に入ったのは、公然と暴力団とやり合うためだったというぐらいねじ曲がっていた。で、念願叶《かな》ってからは全力でマル暴刑事をやっていたにもかかわらず、あるとき突然「環境犯罪研究所」へ出向を言い渡され、マル暴としての自分の将来を絶たれてしまうわけです。そこでまたしても屈折がある。しかも出向先の上司が内村というわけのわからない人物で、彼が言うこともよく理解できずに屈折は続いていく。ところが、与えられた任務をやっていくうちに、内村の言うことは正しいんじゃないかと思えてくる。そこから徐々に佐伯の行動が変わっていき、後半になると積極的に自分から関与していくほどになります。戦っても、敵となる人間を問答無用で殺さずにです。

――すると、内村所長という人物はもの凄《すご》く重要な存在になりますね。

今野　警察小説を書きたかったというのが最初の狙《ねら》いだったんですが、それと同時にもうひとつ、官僚を書いてみたかったんですよ。そういうことを考えると、後々《のちのち》、警察官僚を書くようになった萌芽《ほうが》はここにありましたね。というより、いま書いている《隠蔽捜査》シリーズと大筋ではまったく変わっていません。

――本書でも、現場のことは現場の人間しかわからないから任せるだとか、官僚はたてまえを貫き通してこそ正しいのだとか、内村の言動は確かに《隠蔽捜査》の主人公・竜崎《りゅうざき》に繫《つな》がるものがありますね。

今野　竜崎って、もの凄く新しいキャラクターだと言われるんですけど、描き方をちょっと変えただけで、根本は内村とまったく同じなんですよ。私には官僚に対してひとつの憧《あこが》れといいますか、理想の姿みたいなものがありまして、たてまえをたてまえとしてきちんと実現していく、などというのはその基本中の基本です。そのあたりのことは一貫して書き続けているんだなと、今になってしみじみと思います。官僚という存在は現実でも悪口を言われがちで、まあ確かにろくな官僚はいないかもしれない。だけど、悪口を言ってるだけじゃ何も始まらなくて、だったら官僚の理想って何だろう、理想の官僚ってどういうことだろうと書いてみせるのも大切だと思ったんです。

——具体的には、どんな？

今野　国のために働く人が、国という容《い》れ物、国という器を守ることかなあ。国防といったような右傾化したものではなく、国という器をきちっと成立させていくという意味においてです。官僚だけではなく、消防士や警察、役人に自衛隊まで含めた公務員たちは本来みんなそうであるべきでしょう。わけても官僚は、そのための合理性を追求し、しかるべきシステムを築き上げていかなければならない。ここでの内村はそのための楔《くさび》となる第一歩を踏み出そうとしていたんです。

《潜入捜査》シリーズにこめられた思い

——そんな風に考えていきますと、このシリーズは今野さんにとっても何か特別なもののような気がしてきました。

今野　いや、本当にそうなんです。最初に言いましたように、これは九一年から九五年まで続いたんですが、その途中の九四年に『蓬莱《ほうらい》』という作品を書いているんですね。これが初めてのハードカバーで出た本で、作家としては結構エポックメイキングな出来事だったんですよ。ということはノベルス全盛の時代から、こうしたハードカバーになっていくちょうどその間の時期に書いていたシリーズだったんですね、これは。その意味でも本当に過渡期にあった作品のような気がします。

――言ってみれば、まだ熟成されてはいないけれども、この当時の今野敏の中にあった思いやら何やらをみんな詰め込んでいる作品であると。

今野　うーん、そうかもしれませんというか、そうですね。いろんなことを試していたのかも。アクション場面なんかでもね、結構工夫して書いた覚えがあります。佐伯が使う佐伯流活法という武術は、当時ちょっと話題になっていたある格闘技を参考にして、それに古武術など独自の技術を頭の中でこねくりまわして作ったものです。ところがね、この当時は書きすぎてしまうんですよね。アクションはやっぱりスパイスだと思うんで、最近はそんなに書き込まないんですが、この頃は思い切り盛ってます。アクションの描き方の難しさって、視点の問題があるんですよ。ひとりの視点で書いていると、相手がどんな技を使ったか本当はわからないはずですよね。自分が意図的にこういう技を使おうなんてことも、闘っている瞬間、瞬間では多分考えていない。それをどうやって描写していくか。

――ご自身が経験者だから楽なのではと、素人目には思ってしまいますが。

今野　つい闘っている相手の意図を書いてしまいがちになるんですよ。視点というのはこちらにしかない。相手が何をしてくるかはわからず、何をしてきたかしかわからないんです。だけど、そこでこうしようああしようという相手の意図をつい書いてしまうことがある。そうすると視点の混乱が始まっていくんです。

――私が好きなのは、「相手の体がゆらりと揺れた。次の瞬間、いきなり頬《ほお》に衝撃がきた」というような描写ですが。

今野　それしかないんです。自分がどんな痛みを感じているか、どんな衝撃を受けたかを書くしかない。そうやって自分のことは書ける。たとえ一瞬のことでも、相《す》撲《もう》を見ていればわかると思いますが情報量は結構多いんですよ。立ち上がって、肩でぶちかまし、ついで右を差して、左を押っつけってね。アクションでも右を出して左で防ぎ、すかさず蹴《け》りを放ってという具合に逐一説明していけば、それはそれで結構なボリュームになる。だけどそれが本当に面白いかとなると、また問題は別です。この頃は思いっ切り書いてますよね。今の私の目から見れば稚拙きわまりないんですけど、しかし気持ちはいい。

作家は炭鉱のカナリアだ

——ほかにシリーズ全体を通して思い出深いことなどはありますか。

今野　やっぱり『臨界』でしょうね。結局、原発の問題はまったく変わっていないということなんですよ、この二十年。放置されていただけ。八九年に立候補したとき、東京都内各地でもちろん訴えましたよ。あのときはまったく反応がありませんでした。演説会でも来てくれるのは内輪の人たちだけでしたね。これではどうしようもないというので、選挙カーの上で瓦割《かわら》りまでしたもんです。そしたら、よりによってその場面を菊地秀行さんが見ていたというおまけまでついてきましたけど（笑）。まあ、何と言うのか目の前に危機が迫ってこなければ真剣に考えようとしないんです。今は福島第一原発の事故で世論が変わったと思いますが、時間がたって恐怖感が薄れ、政府が原発継続で動いていけばまたどうなるかわかりません。これは日本人の国民性という根っこの部分の問題なのかもしれませんけどね。ともあれ『臨界』を書いた当時と今と、どこか変わっているところがあるんだろうかと、興味深く見ていますよ。

——今野さんには、そんな時代を見る確かな眼というか、先見性が備わっているような気がします。

今野　小説家というのはあまねくそういうものです。作家は炭鉱のカナリアだ、と誰かが言っていたんですが、人よりも一歩先を行っていないと駄目だという。本当は一歩だと早くて、半歩だとヒットに繋がるというんですが、そんなのわからないですよ。でも私が思うには、半歩だろうが一歩だろうが書いちゃったほうがいいですね、作家は。最初に出たときは話題にならなくても、今回みたいに文庫になって出て、みんなに読んでもらえる。さらには反原発という今の時期にも合っている。やっぱり私の書いていたことは間違っていなかったんだと再認識もできます。

――本書『終極』についてはどうですか。

今野　これもね、ちょっと驚いたことがあるんですよ。暴力団が暴対法以来シノギが少なくなってつらくなり、シノギをシノギとしてできなくなっていくと、犯罪は凶悪化し地下化していく傾向にある。とまあそう考えて、ヤクザ組織によるテロ・ネットワークというのをひねり出したんですが、その後、現実の世界でのニュースでアルカイダが登場し、わあ実際にこういうのがあったんだと驚きました。

――それが先見性だと思うんですが、本書のラストでは「環境犯罪研究所」は解散し、新しく「危機管理対策室」なる組織ができますね。

今野　これは私の理想像です。実際に今の内閣にも危機管理室はありますが、まったく機能はしていません。情報調査室なんかもほとんど働いていない。柔軟に、臨機応変に動くことができないからです。そのあたり、私の小説は何らかの意味で、常に何かの理想像を書き続けていると思います。

――ありがとうございました。

今野　あ、ひとつ私自身が解けなかった謎があるんですが、ここで読者の皆さんに聞いちゃってもいいですかね。内村所長に関する不可解な謎なんですけど、彼は佐伯が入室するとき必ずコンピュータのモニターを見ています。それまで正面を見ていて、ノックされた途端横を向いてしまっているような雰囲気もある。内村は、どうしていつも横を向いているんでしょう。

――あの、それはですね……

今野　はい？

――単純にモニターが横にあるからじゃないでしょうか（笑）。

（二〇一二年一二月）

この作品はフィクションであり、実在する人物、団体、地域等とは一切関係ありません。

本書は一九九五年三月に飛天出版より刊行された『覇拳葬魔鬼』を『終極　潜入捜査』と改題し二〇〇九年十一月に有楽出版社より新書版（ジョイ・ノベルス）として、また二〇一三年二月に実業之日本社文庫版として刊行された作品の新装版です。

本作品の時代背景、社会情勢は一九九五年当時のままといたしました。

実業之日本社文庫　最新刊

赤川次郎
花嫁は歌わない
亜由美の親友・久恵が、結婚目前に自殺した。殿永刑事から、ある殺人事件と自殺の原因が関係していると聞いた亜由美は、真相究明に乗り出していくが……。
あ1 22

加藤元
カスタード
街の片隅に佇むお弁当屋。そこを訪れるのは、心の奥底に後悔を抱えた人々。ささやかな「奇跡」が、彼らを心の迷宮から救い…。ラスト、切ない真実に涙！
か10 1

今野敏
終極　潜入捜査〈新装版〉
不法投棄を繰り返す産廃業者は、テロ・ネットワークの中心だった。元マル暴刑事が、拳ひとつで環境犯罪に立ち向かう熱きシリーズ最終弾！（対談・関口苑生）
こ2 19

汐見夏衛
臆病な僕らは今日も震えながら
生きる希望のない孤独な少女には、繰り返し夢に現れる「ある風景」があった。そこに隠された運命とは!? 汐見夏衛史上、最も切なく温かい「命と再生」の物語！
し8 1

似鳥鶏
名探偵誕生
神様、どうか彼女に幸福を――僕が事件に出会うたびに助けてくれたのは、隣に住む名探偵だった。精緻なミステリと瑞々しい青春が高純度で結晶した傑作。
に9 1

実業之日本社文庫　最新刊

葉月奏太
癒しの湯　仲居さんのおもいやり
人生のどん底にいた秀雄は、山奥へ逃げた。自殺を覚悟した時、声をかけられる。彼女は、若くて美しい旅館の仲居さん。心が癒される、温泉官能の決定版！

は612

平谷美樹
柳は萌ゆる
幕末、新しい政の実現を志す盛岡藩の家老・楢山佐渡。しかし維新の激動の中、幕府か新政府か決断を迫られる。高橋克彦氏絶賛の歴史巨編。（解説・雨宮由希夫）
ひ53

南　英男
裁き屋稼業
卑劣な手で甘い汁を吸う悪党たちに闇の裁きでリベンジせよ！　落ち目の俳優とゴーストライターのコンビは脅迫事件の調査を始めるが、思わぬ罠が……。

み721

吉田雄亮
北町奉行所前腰掛け茶屋　朝月夜
茶屋の看板娘お加代の幼馴染みの女が助けを求めてきた。駆け落ちした男に捨てられ行き場のなくなった女は店の手伝いを始めるが、やがて悪事の影が……!?

よ59

迷　まよう
アミの会（仮）
大沢在昌／乙一／近藤史恵／篠田真由美／柴田よしき／新津きよみ／福田和代／松村比呂美
豪華ゲストを迎えた実力派女性作家集団「アミの会（仮）」が贈る、珠玉のミステリ小説集。短編の名手8人が人生で起こる「迷う」時を鮮やかに切り取る！
ん82

実業之日本社文庫　好評既刊

今野敏
デビュー
昼はアイドル、夜は天才少女の美和子は、情報通の作曲家や凄腕スタントマンら仲間と芸能界のワルを叩きのめす。痛快アクション。（解説・関口苑生）
こ2 7

今野敏
殺人ライセンス
殺人請け負いオンラインゲーム「殺人ライセンス」の通りに事件が発生!? 翻弄される捜査本部をよそに、高校生たちが事件解決に乗り出した。（解説・関口苑生）
こ2 8

今野敏
叛撃
空手、柔術、スタントマン……誰かを、何かを守るために闘う男たちの静かな熱情と、迫力満点のアクションが胸に迫る、傑作短編集。（解説・関口苑生）
こ2 9

今野敏
襲撃
なぜ俺はなんども襲われるんだ――!? 人生を一度は放棄した男と捜査一課の刑事が、見えない敵と闘う痛快アクション・ミステリー。（解説・関口苑生）
こ2 10

今野敏
マル暴甘糟《あまかす》
警察小説史上、最弱の刑事登場!? 夜中に起きた傷害事件は暴力団の抗争か半グレの怨恨か。弱腰刑事の活躍に笑って泣ける新シリーズ誕生！（解説・関根亨）
こ2 11

今野敏
男たちのワイングラス
酒の数だけ事件がある――茶道の師範である「私」が通うバーから始まる8つのミステリー。『マティーニに懺悔を』を原題に戻して刊行！（解説・関口苑生）
こ2 12

実業之日本社文庫　好評既刊

池井戸 潤
空飛ぶタイヤ
正義は我にありだ――名門巨大企業に立ち向かう弱小会社社長の熱き闘い。『下町ロケット』の原点といえる感動巨編！（解説・村上貴史）
い11 1

池井戸 潤
不祥事
痛快すぎる女子銀行員・花咲舞が様々なトラブルを解決に導き、腐った銀行を叩き直す！　テレビドラマ「花咲舞が黙ってない」原作。（解説・加藤正俊）
い11 2

池井戸 潤
仇敵
不祥事を追及して職を追われた元エリート銀行員・恋窪商太郎。彼の前に退職のきっかけとなった仇敵が現れた時、人生のリベンジが始まる！（解説・霜月 蒼）
い11 3

伊坂幸太郎
砂漠
この一冊で世界が変わる、かもしれない。一瞬で過ぎる学生時代の瑞々しさと切なさを描いた一生モノの傑作長編！　小社文庫限定の書き下ろしあとがき収録。
い12 1

伊坂幸太郎
フーガはユーガ
優我はファミレスで一人の男に語り出す。双子の弟・風我のこと、幸せでなかった子供時代のこと、「アレ」のこと。本屋大賞ノミネート作品！（解説・瀧井朝世）
い12 2

実業之日本社文庫　好評既刊

実業之日本社文庫　好評既刊

実業之日本社文庫　好評既刊

中山七里
ふたたび嗤う淑女
金と欲望にまみれた〝標的〟の運命を残酷に弄ぶ、投資アドバイザー・野々宮恭子。この女の目的は……人気悪女ミステリー、戦慄の第二弾！（解説・松田洋子）
な52

東野圭吾
白銀ジャック
ゲレンデの下に爆弾が埋まっている――圧倒的な疾走感で読者を翻弄する、痛快サスペンス！　発売直後に100万部突破の、いきなり文庫化作品。
ひ11

東野圭吾
疾風ロンド
生物兵器を雪山に埋めた犯人からの手がかりは、スキー場らしき場所で撮られたテディベアの写真のみ。ラスト1頁まで気が抜けない娯楽快作、文庫書き下ろし！
ひ12

東野圭吾
雪煙チェイス
殺人の容疑をかけられた青年が、アリバイを証明できる唯一の人物――謎の美人スノーボーダーを追う。どんでん返し連続の痛快ノンストップ・ミステリー！
ひ13

東野圭吾
恋のゴンドラ
広太は合コンで知り合った桃美とスノボ旅行へ。ところがゴンドラに同乗してきたのは、同棲中の婚約者だった！　真冬のゲレンデを舞台に起きる愛憎劇！
ひ14

実業之日本社文庫 こ2 19

終極《しゅうきょく》　潜入捜査《せんにゅうそうさ》〈新装版《しんそうばん》〉

2021年12月15日　初版第1刷発行

著　者　今野《こんの》 敏《びん》

発行者　岩野裕一
発行所　株式会社実業之日本社
〒107-0062　東京都港区南青山 5-4-30
emergence aoyama complex 2F
電話 [編集]03(6809)0473 [販売]03(6809)0495
ホームページ　https://www.j-n.co.jp/
DTP　ラッシュ
印刷所　大日本印刷株式会社
製本所　大日本印刷株式会社

フォーマットデザイン　鈴木正道(Suzuki Design)

ISBN978-4-408-55703-8（第二文芸）